LE FANTÔME DE SARAH FISHER

Du même auteur, dans la même collection :

Murder party

LE FANTÔME DE SARAH FISHER

AGNÈS LAROCHE

RAGEOT

ISBN 978-2-7002-3617-0
ISSN 1766-3016

À Camille, Juliette, Olivier, Léo et Éric,
mon coach zen !

Morte

Sarah Fisher battit plusieurs fois des paupières avant de parvenir à ouvrir les yeux, puis elle regarda autour d'elle, désorientée. La porte en bois grossier, la terre battue couverte de paille, les poutres envahies par les toiles d'araignée... Elle connaissait cet endroit, c'était... Oui, c'était la bergerie où le vieux Stanford abritait ses moutons lorsque les nuits étaient trop froides. Sarah n'avait aucune raison de se trouver là, en plein champ, loin de tout.

Elle se leva et constata avec stupéfaction qu'elle portait d'autres habits que les siens. Elle était vêtue d'une robe blanche et soyeuse, brodée de marguerites au cœur jaune pâle. De délicats boutons nacrés fermaient le corsage.

Le col et les poignets étaient ornés de dentelles fines. Une vraie splendeur. La robe était si longue qu'elle couvrait presque la pointe de ses bottines, deux merveilles de cuir souple qui épousaient avec douceur le contour de ses pieds.

Elle se perdit un instant dans leur contemplation, puis voulut ajuster à sa taille la ceinture satinée, un peu lâche.

C'est alors qu'elle remarqua ses mains. Bien trop pâles, on les aurait dit transparentes... Incrédule, Sarah remonta ses manches : il en allait de même de ses poignets et de ses avant-bras, ils n'avaient plus la moindre couleur.

Elle étouffa un cri et se força à respirer calmement pour reprendre ses esprits. Ce n'était sans doute qu'un affreux cauchemar. Elle gagna la porte et s'apprêtait à l'ouvrir lorsque la mémoire lui revint soudain, aussi brutalement que si elle avait reçu une bassine d'eau glacée en pleine figure.

Ce n'était pas un cauchemar. Sarah Fisher n'était plus, Sarah Fisher était morte.

Elle vacilla et s'adossa au mur pour ne pas tomber. Elle était morte. Morte. MORTE ! Il s'écoula de longues minutes avant qu'elle puisse penser à un autre mot que celui-là.

Puis, lentement, alors que les battements de son cœur s'assagissaient, les souvenirs de ses derniers instants refirent surface un à un...

Le 2 décembre 1850, avant le lever du jour, Sarah cheminait à pas vifs au milieu des herbes hautes qui bordaient la falaise. Il faisait froid, elle serrait contre elle les pans de sa cape, attentive au vacarme des vagues qui heurtaient les rochers, cent cinquante mètres plus bas. Une fois arrivée à la main de Satan, un énorme bloc de granit dont les aspérités formaient cinq doigts tendus vers le ciel, elle s'était penchée au-dessus du vide.

Elle cherchait un nid de goélands découvert lors d'une précédente promenade. Elle avait vu la mère couver ses œufs, les petits devaient être nés et elle mourait d'envie de les observer. Elle avait repéré le nid, s'était penchée davantage, mais à cet instant elle avait entendu un frottement dans l'herbe. Quelqu'un s'approchait. Elle s'était retournée pour apercevoir une silhouette qui se hâtait dans sa direction, une silhouette dont la démarche lui avait paru familière...

Sarah fronça les sourcils, sa mémoire lui jouait des tours à présent. Impossible de mettre un nom sur celle ou celui qui s'était profilé ainsi dans le matin blême. Pourtant, elle aurait parié qu'il ne s'agissait pas d'un inconnu. C'était quelqu'un de grand, un adulte de toute évidence, mais plus elle se concentrait, plus les contours de la silhouette devenaient flous.

En revanche, elle revit sans effort deux mains s'approcher d'elle à grande vitesse et frémit au souvenir de leur contact.

Deux mains qui l'avaient sans aucun doute entraînée dans une chute mortelle.

Regrets éternels

Sarah se laissa glisser au sol sans même sentir les rugosités du mur sur lequel elle s'appuyait. Le souffle court, elle revivait la chute interminable qui l'avait conduite de vie à trépas. Elle se rappela avoir battu des jambes et des bras dans l'espoir fou de s'envoler, comme ces goélands qu'elle était venue observer. Sa vie tout entière, sa courte vie, n'avait pas défilé devant ses yeux. Non, sa dernière pensée avait été pour ce pot de marmelade volé la veille dans la cuisine de l'orphelinat. Une marmelade qu'elle n'avait pas eu le temps de goûter. Regrets éternels.

Elle se mit à trembler, plus fort que les branchages de genêt sur la falaise, sans cesse fouettés par les vents.

Elle était morte, mais elle était là, pourtant... Qu'est-ce que cela signifiait ? Qu'était-elle devenue ? Et surtout, qu'allait-elle devenir ?

Elle était plongée depuis un long moment dans le plus profond des désarrois, le regard rivé à ses mains trop claires, lorsqu'elle sursauta, retenant de justesse un cri. Là, devant elle, venait d'apparaître un homme qui, elle en était sûre, n'était entré ni par la porte ni par la fenêtre de la bergerie.

Il était élégamment vêtu, probablement un gentleman. Son menton s'ornait d'une barbichette démodée et les rides sur son visage accusaient les années. Il était pâle, presque transparent lui aussi. Souriant, canne à pommeau en main, il s'approcha en deux grands pas.

– Veuillez me pardonner, mademoiselle, je suis en retard. J'aurais dû vous accueillir lorsque vous avez ouvert les yeux, mais j'ai eu un léger contretemps. Des turbulences spectrales ont ralenti mon déplacement, cela arrive parfois.

Sarah se détendit, l'inconnu surgi de nulle part semblait inoffensif. Et c'était la première fois qu'on la vouvoyait... C'était agréable, il fallait bien l'avouer, mais ça ne rendait pas pour autant compréhensibles ses propos farfelus. Des turbulences spectrales ?

– Je manque à tous mes devoirs, je ne me suis pas présenté : Lord Fletcher, troisième du nom, pour vous servir.

Il attendit qu'elle se nomme à son tour.

– Sarah Fisher, heu... orpheline.

Il hocha la tête et poursuivit, arborant la mine gênée de celui qui, hélas, doit vous faire part d'une mauvaise nouvelle.

– Sarah... Fort bien, fort bien. Voyez-vous, mon enfant, il y a de cela plusieurs semaines, il vous est arrivé quelque chose d'assez désagréable. Pour être franc, mais peut-être en avez-vous pris conscience, vous êtes, heu, comment dire... vous êtes morte, hélas.

Sarah fronça les sourcils. Morte, ça, elle le savait déjà, comment, toutefois, pouvait-elle être morte depuis si longtemps ?

– Depuis plusieurs semaines, dites-vous ? balbutia-t-elle.

– Oui, six pour être exact. Le temps qu'il faut à une âme pour se détacher de son enveloppe charnelle. Oh, rassurez-vous, votre corps, lui, n'a pas été délogé de sa dernière demeure pour autant. Il gît tranquillement au fond de sa tombe et ne subira jamais la moindre détérioration, c'est l'un des nombreux avantages liés à notre condition !

Sarah esquissa une grimace qui ne troubla pas Lord Fletcher le moins du monde. Il s'exclama, enthousiaste :

– Ma chère Sarah, je suis là pour vous souhaiter la bienvenue parmi la grande famille des fantômes !

Elle resta silencieuse de longues secondes. Un fantôme, voilà ce qu'elle était devenue. Elle s'en doutait, bien sûr. Sa mort incontestable, sa peau translucide... Oui, mais tout de même, en acquérir soudain la certitude, c'était un immense pas à franchir, un pas vers... Un pas vers quoi, d'ailleurs ?

Lord Fletcher voulut la rassurer :

– N'ayez aucune inquiétude, désormais il ne peut plus rien vous arriver de fâcheux, forcément.

Elle déglutit, la bouche sèche, et répéta :

– Forcément.

Puis elle demanda d'une voix à peine audible :

– Et... Que va-t-il se passer exactement ?

Le gentleman lui sourit.

– Mon enfant, rassurez-vous, le meilleur est à venir. La vie des fantômes n'a rien de lugubre, bien au contraire, ce n'est qu'une suite de joies et de plaisirs sans fin !

Sarah écarquilla les yeux, surprise, et Lord Fletcher soupira d'aise, heureux d'avoir fait naître une lueur de curiosité dans son regard.

– Notre bienheureuse existence est un tourbillon de bals et de jeux de société auxquels nous nous livrons chaque nuit, de par le monde entier. Sans parler de magnifiques châteaux à hanter, ici ou ailleurs, et de quelques plaisanteries que nous réservons aux vivants : déplacer les objets, faire claquer des portes, murmurer leur nom d'une voix d'outre-tombe... Je vous le promets, vous n'aurez jamais l'occasion de vous ennuyer !

Il s'interrompit, toussota et ajouta, presque à voix basse :

– À moins, bien sûr, que... hum hum... que vous ne préfériez devenir une... une revenante.

Les revenants

– Une revenante ? répéta Sarah.

Lord Fletcher s'assit à même le sol. Il déplia avec précaution ses longues jambes devant lui, épousseta un brin de paille indélicat qui s'accrochait à la manche de sa veste, éclaircit sa voix puis se lança :

– Les fantômes, je l'ai déjà mentionné, forment une grande famille. Voyez-vous, ma jeune amie, nous partageons le sort d'avoir connu une mort violente, un accident ou pire encore, et c'est sans doute ce qui nous rapproche. Hélas, pour leur malheur, certains d'entre nous décident de prolonger leur séjour parmi les vivants.

– Les revenants ? souffla Sarah.

– Exactement ! Ah, ce sont de pauvres êtres, vraiment ! Au lieu de s'adonner à une vie de plaisirs éternels, ils choisissent une existence de misère et se condamnent ainsi à de terribles souffrances !

Sarah imagina aussitôt les flammes de l'enfer encerclant des créatures gémissantes, éperdues de douleur, mais ce n'était pas exactement ce à quoi Lord Fletcher faisait allusion.

– Figurez-vous, ma jeune enfant, que sous une nouvelle apparence, méconnaissables, ils font de nouveau irruption auprès de leurs proches. C'est l'amour, souvent, qui dicte leur conduite. Prenons l'exemple de cette pauvre Lady Crumpett. À peine l'avais-je accueillie qu'elle décida de repartir vivre, sous une figure d'emprunt, dans le voisinage de son propre veuf. Imaginez son tourment lorsqu'elle apprit que ce dernier venait de se remarier avec une fort jeune femme...

– Je ne comprends pas, un fantôme peut revenir auprès des siens et vivre comme avant ?

– Que non point ! Il lui faut adopter un nouveau visage, se forger un passé, accepter de n'être plus jamais reconnu par ses proches. Voyager incognito en quelque sorte.

Il secoua la tête et reprit :

– Sachez aussi, et ce n'est pas un détail, que pour les vivants nous n'avons pas plus de consistance qu'un nuage ou que l'air qu'ils respirent. Nous devons donc à tout prix éviter d'être touchés par eux, ou même effleurés, au risque de nous trahir et d'avoir à nous enfuir.

– Pourtant, s'étonna Sarah, j'ai la sensation d'être en chair et en os, exactement comme avant.

Le vieil homme hocha la tête.

– Oui, je sais, c'est l'une des nombreuses bizarreries liées à notre condition. Cependant, n'oubliez jamais que nous autres, fantômes, ne sommes que des âmes dotées d'une apparence humaine. Rien qu'une apparence, comprenez-vous ?

Elle acquiesça et il continua sur un ton enjoué :

– Bah, ces histoires de revenants sont sans intérêt. Comme dit l'adage, « Les morts avec les morts, les vivants avec les vivants ! ». Revenons-en à des sujets plus réjouissants pour une jeune fille ; votre arrivée parmi nous, tous ces jeux, ces bals qui vous attendent, vous allez adorer !

Sarah laissa flotter un sourire sur ses lèvres blafardes. La vie qu'il lui décrivait là était attrayante, bien plus que tout ce qu'elle avait connu jusqu'à présent. Ces bals, elle s'y voyait déjà, il lui semblait même entendre les premières mesures de l'orchestre. Après des années de misère dans le pire des orphelinats, tout fantôme qu'elle était, elle allait se rattraper, oh oui !

Elle était prête à remettre son sort entre les mains affables de Lord Fletcher, quand brusquement elle fut prise de vertige : comme si elle revivait sa chute interminable, le fracas de son corps sur les rochers et cette mort tellement injuste.

L'espace d'une seconde, elle crut sentir les deux mains assassines la propulser dans le vide. Les mains d'un individu qu'elle avait côtoyé, c'était une certitude.

Quel monstre avait pu commettre un acte aussi ignoble ? Avait-il seulement été confondu, arrêté, condamné ? Il n'y avait personne ce jour-là sur la falaise pour attester que Sarah avait été victime d'un meurtre. L'assassin n'avait peut-être même pas été inquiété et interrogé. À cette idée, Sarah fut parcourue d'un frisson glacé.

Elle ouvrit les paupières et prononça d'une voix ferme :

– Non, monsieur. Pas de jeux, pas de bals pour l'instant. Pardonnez-moi, mais je désire revenir parmi les vivants. Oh, quelques jours seulement, le temps de vérifier deux ou trois détails.

De l'utilité du linceul

Lord Fletcher observa longuement la jeune fille puis soupira :

– « Quelques jours seulement », c'est ce que vous prétendez tous. Rassurez-moi, il ne s'agit pas d'une histoire d'amour, n'est-ce pas ?

Elle secoua la tête sans un mot.

– Bon, je n'insisterai pas. Mais apprenez que lorsque votre quête aura abouti, ou quand vous prendrez la sage décision d'y renoncer, vous pourrez revenir ici, en ce lieu où le hasard a choisi de vous faire réapparaître. Là, appelez-moi par trois fois, je viendrai vous chercher avec grand plaisir !

– Et pour ma nouvelle apparence ? s'inquiéta Sarah.

– C'est fort simple, je vais vous expliquer. Encore un détail : n'oubliez pas de vous inventer un passé crédible, de manière à répondre aisément aux questions des curieux.

Sur ce, il ouvrit sa veste et plongea sa main dans une vaste poche intérieure dont il sortit un drap blanc soigneusement plié.

– Ceci est un linceul. Vous savez, ce dont se recouvraient les fantômes autrefois. Heureusement, les temps ont changé et nous pouvons aujourd'hui nous vêtir à notre guise. Cependant, avoir un linceul sur soi peut s'avérer bien pratique, comme vous allez le constater.

Il déploya le drap, le fit claquer plusieurs fois et expliqua :

– Sous vos yeux vont défiler des portraits. Ce sont des fantômes mais ils sont plus sages que vous, ils ont décidé de ne plus apparaître devant les vivants. De ce fait, ils sont tout disposés à vous offrir leur fière allure. Attention, je commence. Surtout arrêtez-moi si l'un d'eux vous plaît !

Ébahie, Sarah vit se dessiner sur l'étoffe tendue un front, fort ridé, puis un nez, une bouche et enfin un corps entier.

– Il s'agit de James Further, maraîcher de son état, décédé en l'an 1802, victime du coup de corne d'un taureau.

À James Further succédèrent John Guffin, pompier, tombé d'une échelle ; Anne Hoover, lavandière, poignardée par une épouse jalouse ; Lord Russell, renversé par un fiacre ; Lisbeth Yard, servante étranglée par son maître...

De nombreux visages plus tard, Sarah laissa échapper un long soupir. Aucun de ceux-là ne ferait l'affaire, ils étaient trop vieux ou trop jeunes, en tout cas ils avaient un petit quelque chose qui ne lui convenait pas. Elle s'apprêtait à avouer sa lassitude à Lord Fletcher, lorsqu'apparut sur le tissu blanc un visage doté de deux yeux expressifs qui retinrent son attention.

Florence Blake

– De qui donc s'agit-il ? s'enquit Sarah, émue malgré elle.

– Elle s'appelle Florence Blake. Les circonstances de sa mort sont assez dramatiques, je dois dire.

Il fit une petite pause, comme pour ménager le suspense, et revint à son récit.

– Elle était fille de pêcheur et vivait dans un bourg de Cornouailles, fort loin d'ici. Ce jour-là, comme souvent, elle accompagnait son père à la pêche. Hélas, ce dernier fut victime d'un malaise et, alors qu'il remontait ses filets, il tomba à l'eau sous le regard horrifié de son enfant. Notre Florence n'écouta que son brave cœur, elle plongea aussitôt, tout habillée, pour le secourir. Hélas, la marée montait, de ces grandes marées d'été qui provoquent des courants contre lesquels nul ne peut lutter. Le vent se mit de la partie, les vagues se firent sournoises et la pauvre petite se noya !

– Et son père ? murmura Sarah.

– Fort heureusement, il périt lui aussi ! Grâce à quoi six semaines plus tard, ils étaient réunis, prêts à profiter ensemble de leur nouvelle existence de fantômes.

– Quel âge avait Florence ?

– Treize ans, je crois. Son apparence vous intéresse ? Affaire conclue ?

Sarah ne répondit pas tout de suite. Elle examina longtemps les traits fins sur le tissu blanc. Florence Blake ne lui ressemblait en rien, cependant il lui sembla qu'en empruntant la figure de cette jeune fille elle ne serait pas dépaysée. Elles avaient en commun des yeux bruns, d'épais cheveux qui tiraient vers le roux, un front plutôt haut, une peau pâle.

Le cœur battant un peu trop vite, elle finit par lâcher :

– C'est entendu.

Lord Fletcher arbora la mine réjouie d'un marchand de bestiaux qui vient de vendre sa plus belle bête.

– Excellent choix ! Une mine avenante, une santé de fer, vous ne serez pas déçue.

Sarah resta silencieuse, occupée à dire au revoir en pensée à son visage et à son corps, compagnons fidèles de sa courte vie. Elle soupira puis revint au moment présent.

– Est-ce que la transformation sera douloureuse ?

– Pas le moins du monde, ce n'est qu'un changement d'apparence, rien de plus. Êtes-vous prête ?

Sarah inspira profondément puis, incapable de proférer le moindre son, hocha la tête. Du bout des doigts, théâtral, Lord Fletcher la recouvrit du linceul.

– Vous allez compter jusqu'à dix. Après quoi vous accueillerez votre nouveau visage en souriant, comme il se doit. Dès lors, vous serez seule car le devoir m'appelle en d'autres lieux. Vous n'avez pas de questions ?

– Heu... Non, je ne vois pas, murmura-t-elle.

– Alors bonne chance, mon enfant ! Surtout, n'oubliez pas, ne laissez personne vous toucher ! Et permettez-moi de vous rappeler une dernière fois le vieil adage, « Les morts avec les morts, les vivants avec les vivants ! »

Sans attendre, d'une voix peu sûre, Sarah énuméra :

– Un... Deux... Trois...

Parvenue à dix, elle se tut, le souffle suspendu, les paupières closes. Autour d'elle, le silence. Elle était seule à présent, plus seule que jamais.

Le chemin du retour

Sarah convoqua tout son courage, ouvrit les yeux et observa ses mains. Sa peau, parsemée de taches de rousseur, ne présentait plus la moindre transparence. Son regard se posa ensuite sur sa tenue, ou plutôt sur celle de Florence Blake. Adieu toilette blanche et souliers fins ! Sans doute était-ce là un costume d'apparat que les âmes revêtaient pour faire leur entrée dans le monde des fantômes.

Elle portait désormais une robe grise bordée de noir, au col et aux poignets usés. Ses pieds étaient chaussés d'une paire de bottillons, peu élégants mais confortables, et ses jambes recouvertes de bas de laine. C'étaient de vieux vêtements, semblables à ceux dont elle avait l'habitude.

Elle se leva, se dirigea vers la porte, mais hésita à l'ouvrir. Elle fut tentée d'appeler Lord Fletcher par trois fois et de renoncer à son projet. Les morts avec les morts, les vivants avec les vivants... Il avait sûrement raison. Toutefois la vision fugace de son corps sans vie sur les rochers se présenta à elle, terrible et révoltante. Il lui fallait s'assurer que justice avait été faite, sans quoi elle ne connaîtrait pas de repos. Le mieux serait de commencer son enquête aux Hirondelles, l'orphelinat entre les murs duquel elle avait vécu près de sept ans et, très probablement, fréquenté son meurtrier.

Elle redressa les épaules et franchit le seuil de la bergerie.

Dehors, le soleil était bas, la nuit prenait ses quartiers. Des moutons par dizaines, au loin, broutaient avec appétit l'herbe haute et salée. Ils ne tournèrent même pas la tête lorsque, avec hésitation, elle fit ses premiers pas à l'extérieur.

Elle scruta l'horizon et les champs devant elle. Sur sa gauche, à moins d'une dizaine de kilomètres, s'étendait la ville côtière de Northtown. Construite en pente douce, elle débouchait sur un port de pêche où, parfois, de gros paquebots prêts à s'élancer pour gagner les Amériques faisaient escale.

Plus à l'est, en remontant le long de la falaise que Sarah avait parcourue si souvent, les dernières maisons de Northtown cédaient peu à peu la place à une lande sauvage au beau milieu de laquelle se dressaient l'église et le presbytère, bordés par un vieux cimetière. L'orphelinat, une importante bâtisse en pierre grise, se trouvait à peine plus loin sur la droite.

Elle quitta le champ et enjamba le muret qui la séparait de la route. Elle devait inventer une histoire convaincante pour que, dès ce soir, Mme Winnipott, la directrice des Hirondelles, l'accepte parmi ses pupilles.

Un stupide accident

Au bout d'une heure de marche, Sarah vit se profiler les lieux où elle avait échoué après le décès de ses parents, emportés tous deux par une mauvaise grippe à laquelle elle avait miraculeusement échappé.

Elle frissonna en entendant grincer la girouette rouillée qui ornait depuis toujours le toit d'ardoises. Elle remonta à pas lents l'allée qui conduisait à l'entrée, les yeux rivés aux volets qui claquaient au vent.

Parvenue sur le perron, elle fit retomber le heurtoir à plusieurs reprises. La clé joua dans la serrure et la porte s'entrouvrit, laissant apparaître un visage bouffi percé de deux yeux méfiants...

C'était Elspeth, l'aînée des pensionnaires, une vilaine figure qui fouinait partout et se faisait fort de tout rapporter à la directrice, jusqu'à la moindre vétille.

L'espace d'un instant, Sarah eut peur d'être reconnue, elle, Sarah Fisher, revenue d'entre les morts. Mais bien entendu, il n'en fut rien. Elspeth la dévisagea, sourcils froncés, et grogna :

– C'est pour quoi ?

Sarah se courba en une humble révérence.

– Bonsoir mademoiselle, je suis à la recherche d'un toit pour m'abriter.

Elspeth renifla avant de laisser tomber sa sentence :

– C'est pas moi qui décide !

Et de refermer la porte sans autre formalité. Sarah entendit s'éloigner son pas traînant. Pourvu qu'Elspeth demande à Mme Winnipott de la recevoir, pourvu qu'elle ne la laisse pas en plan, là, devant les Hirondelles ! Ses craintes se dissipèrent quelques instants plus tard, lorsque Elspeth surgit de nouveau devant elle en marmonnant :

– Entre !

Sarah suivit sans un mot son aînée, qui la fit pénétrer dans le bureau de Mme Winnipott avant de se retirer.

L'endroit était encombré de crucifix, de gravures et de statuettes religieuses. Au fond de la pièce, devant la fenêtre, trônait une table de travail recouverte de papiers, de plumes et de bouteilles d'encre. Le long du mur se dressaient deux armoires entrouvertes, remplies de documents entassés sans soin.

La directrice était assise dans un confortable fauteuil, un chapelet glissé entre les doigts, une bible posée sur les genoux.

La mine sévère, engoncée dans une austère robe noire qui soulignait l'épaisseur de sa silhouette, coiffée d'un chignon haut perché, elle jeta sèchement :

– Dépêche-toi de me dire ce qui t'amène.

Sarah s'inclina.

– Pardonnez-moi de vous déranger, madame. Je suis venue jusqu'ici pour vous prier de m'offrir l'hospitalité.

Mme Winnipott la toisa longuement, puis demanda enfin :

– D'où viens-tu ?

– D'un petit hameau au sud du comté, madame. Ma tante m'a recueillie il y a trois ans, à la mort de mes parents, mais elle vient de se marier et m'a mise dehors, madame. Son époux ne veut pas de moi, il dit qu'ils n'ont pas de quoi me nourrir.

À l'évocation des défunts parents de l'orpheline, Mme Winnipott se signa par deux fois, en toute hâte. Sarah poursuivit :

– C'est au marché, à Northtown, qu'on m'a parlé de vous, madame.

– En bien, j'espère ! Comment te nommes-tu ?

Sarah avait beau s'être répété son nom d'emprunt des dizaines de fois, elle répondit machinalement :

– Sarah, madame.

Se rendant compte de sa bévue, elle ajouta aussitôt, rougissante :

– Heu, Blake... Sarah Blake, madame.

Adieu Florence... Sarah elle était, Sarah elle resterait. Il était trop tard pour faire machine arrière.

Mme Winnipott répéta :

– Sarah ? Ce sera facile à retenir, nous avons déjà eu une jeune fille prénommée ainsi parmi nous.

Sarah, le cœur battant, osa une question :

– Elle ne vit plus ici, madame ?

La directrice referma nerveusement sa main sur le lourd crucifix qui pendait sur sa poitrine.

– Malheureusement, elle ne vit plus du tout. Elle est tombée de la falaise un jour de grand vent, il y a de cela quelque temps. Un stupide accident.

Sarah sentit ses jambes faiblir. « Un stupide accident » ? On avait découvert une jeune fille morte au pied d'une falaise et on ne s'était posé aucune question, la police n'avait sans doute même pas été avertie ! On semblait avoir fait peu de cas de sa disparition. C'était prévisible, certes, mais ça n'en était pas moins douloureux.

Mme Winnipott se signa de nouveau et se pencha en avant, l'air méfiante.

– Es-tu une bonne chrétienne ?

Sarah exécuta une brève génuflexion.

– Oh oui, madame.

– Tant mieux, « Bon chrétien se contente de prière en guise de pain ». Apprends qu'ici on se signe dès que nous évoquons la mémoire de celles ou ceux qui ont rejoint le Très-Haut. Tu peux rester pour le mois qui vient, plus si tu donnes satisfaction. Tu recevras le gîte et le couvert en échange de ton travail, l'oisiveté n'a pas sa place chez moi. Elspeth va te conduire au dortoir, à l'heure qu'il est les filles prennent leur souper mais tu n'as sûrement pas faim, il est bien trop tard.

Sarah hocha la tête, fixant sans les voir les flammes qui dansaient dans l'âtre. Elle avait obtenu confirmation de ses pires soupçons.

Son assassin courait toujours.

Jézabel

Les deux jeunes filles longèrent le couloir qui menait à l'aile gauche du bâtiment puis bifurquèrent en direction de l'escalier. Elspeth, bougeoir en main, grimpa pesamment les premières marches. Sarah la suivait à distance respectueuse. Parvenue à l'entresol, elle jeta un regard distrait à la minuscule fenêtre, illuminée par la lueur dansante de la bougie. Là, elle ne put retenir un cri de surprise.

– Qu'est-ce que t'as ? grogna Elspeth.

– Euh, rien... Je... je me suis tordu la cheville.

– T'as intérêt à ce que ce soit réglé avant demain matin. Ici, les petites natures, on n'en veut pas.

Sarah se contenta de hocher la tête. Sa cheville n'avait rien. Non, ce qui l'avait fait ainsi réagir, c'était son reflet dans la vitre, le visage de Florence Blake... Elle avait beau s'y être préparée, se voir sous les traits d'une autre était fort troublant.

En haut de l'escalier, Elspeth poussa une porte de planches disjointes et grommela :

– Tu prendras le lit du fond, contre le mur. Dans ce coffre, là, tu trouveras sûrement des nippes à ta taille. Je redescends souper, à cause de toi mon repas va être froid. Les filles ne vont pas tarder à monter.

Sur ce, elle laissa Sarah seule dans le sinistre dortoir.

À l'entrée, sur la gauche, un rideau masquait l'espace réservé à Elspeth qui, en tant qu'aînée, était la seule à jouir de ce privilège. Le reste de la pièce était occupé par deux enfilades de lits qui se faisaient face avec, sous chacun d'eux, une caisse en bois à l'intérieur de laquelle les pensionnaires rangeaient leurs maigres possessions. Deux lucarnes laissaient passer la faible clarté de la lune.

Le lit indiqué par Elspeth occupait le pire des emplacements, le long d'un mur suintant l'humidité. Sarah haussa les épaules, l'inconfort lui importait peu.

Elle soupira et se coucha sans se dévêtir. Elle contempla un instant les lits autour d'elle, dans lesquels viendraient bientôt se glisser celles qu'elle connaissait mais qu'elle devrait feindre de découvrir, le lendemain. Ce ne serait pas facile, il ne lui faudrait jamais oublier qu'elle était désormais Sarah Blake, une inconnue. Bah, le plus important était d'être revenue aux Hirondelles, un lieu fréquenté par son meurtrier, elle en était sûre.

Elle bâilla, ferma les paupières et, en dépit du froid, s'endormit promptement.

Elle fut réveillée peu de temps après par la conscience aiguë d'une présence à ses côtés. Un regard insistant, un souffle chaud sur ses cheveux… quelqu'un l'observait.

Elle s'efforça de simuler au mieux le sommeil, en respirant le plus lentement possible. Devant son absence de réaction, l'importune se lasserait.

Après un moment qui lui parut bien long, Sarah perçut enfin un bruit léger, une couverture qu'on rabat, un corps qui s'allonge dans le lit voisin. Qui pouvait l'avoir dévisagée de si près ?

Sarah tenta en vain de se souvenir de la place occupée par chacune. Puis, les yeux ouverts, elle se redressa et se pencha légèrement en tentant de percer l'obscurité, mais elle recula aussitôt, le souffle coupé.

Oh non! La curieuse n'était autre que Jézabel, une fille étrange arrivée à l'orphelinat fin novembre. Des mèches brunes cascadant le long du dos, vêtue d'une robe exubérante, elle n'était pas passée inaperçue. La mine farouche, les yeux brûlants, elle n'adressait la parole à personne et ne souhaitait visiblement pas se lier avec ses nouvelles compagnes.

La rumeur s'était vite répandue qu'il s'agissait d'une bohémienne, capable de jeter un sort à quiconque se dresserait en travers de son chemin. Sarah l'avait soigneusement évitée, peu désireuse de s'attirer ses foudres.

Et voilà que Jézabel venait de passer trois bonnes minutes à l'observer très attentivement...

Sur la liste des suspects

Le lendemain, Sarah renoua avec les innombrables corvées dont on accablait les orphelines : la lessive dans le vieux lavoir, le linge à battre, essorer et étendre ; des monceaux de pommes de terre à éplucher pour chaque repas ; la vaisselle à récurer trois fois par jour ; l'eau du puits à tirer ; le ménage à faire du sol au plafond ; les bûches à scier, puis à rentrer à la cave ; le potager à entretenir, la basse-cour à nourrir, l'écurie à nettoyer ; les vêtements à repriser...

Sarah se mit à l'œuvre sans rechigner, en privilégiant les tâches solitaires. Travailler à plusieurs, c'était courir le risque à chaque instant d'être frôlée ou bousculée.

Soucieuse de ne pas attirer l'attention, elle répondit le plus brièvement possible aux questions des curieuses et tenta d'éviter Jézabel, dont le regard inquisiteur se posait trop souvent sur elle. En revanche, elle s'efforça d'observer d'un œil neuf les adultes qui l'entouraient, persuadée que derrière le visage de l'un d'eux se cachait l'âme d'un meurtrier.

Martha, la vieille cuisinière, passait son temps à rudoyer les filles, et n'hésitait jamais à leur distribuer des coups avec la fine baguette en buis qu'elle gardait constamment à la main. Mais elle souffrait de rhumatismes et s'aventurait rarement à l'extérieur, si bien que Sarah la raya de la liste des suspects.

William, le jardinier, surveillait les orphelines au potager. Il criait sans cesse pour qu'elles travaillent plus et plus vite. Il n'aimait rien tant que l'eau-de-vie et l'on racontait qu'il était prêt à tout pour s'en procurer. Qui sait, peut-être lui avait-on demandé de se débarrasser de Sarah en échange d'un plein tonneau de son précieux alcool...

Joseph, le responsable des écuries, était à l'entière disposition de Mme Winnipott. Les pensionnaires, qui redoutaient ses manières brutales, l'évitaient.

Quant à la directrice, revêche, autoritaire, bigote et avare, elle semblait avoir pour unique vocation de mener la vie dure aux orphelines. Elle n'aimait rien tant que punir à coups de ceinture celles qui ne marchaient pas assez droit à son goût.

Oui, Sarah en était sûre, c'était parmi ces vilaines figures qu'il fallait chercher le coupable, et mettre enfin un nom sur la silhouette qui s'était précipitée sur elle ce matin blême de décembre. Même si, pour l'instant, le mobile du meurtre lui échappait totalement…

Des secrets tellement secrets

Le soir venu, alors qu'elle était sur le point de monter au dortoir, Sarah tomba nez à nez avec Mme Winnipott au détour d'un sombre couloir. Surprises, elles sursautèrent l'une et l'autre, puis la directrice demanda sévèrement :

– Que fais-tu debout ? Tu devrais être couchée à pareille heure !

– Je suis allée chercher du fil et une aiguille, je dois repriser mes bas, madame, répondit doucement Sarah, montrant le nécessaire à couture qu'elle tenait à la main.

– Soit, ça ira pour cette fois. Veille cependant à ne pas te conduire comme cette Sarah qui vient de nous quitter, sinon, crois-moi, il t'en cuira ! C'était une gamine bien trop curieuse, qui passait son temps à fureter partout, et je ne veux pas de ça chez moi.

Là-dessus, elle poursuivit son chemin sous le regard stupéfait de Sarah. « Une gamine bien trop curieuse qui passait son temps à fureter partout. » À quoi Mme Winnipott faisait-elle donc allusion ?

Une fois dans son lit, Sarah ne put s'endormir, tentant en vain de donner un sens à cette phrase.

Le seul endroit où elle se rendait parfois en cachette, c'était la cuisine. Et là, oui, elle furetait partout, à la recherche de n'importe quoi pour combler sa faim. Elle forçait la serrure du garde-manger, un jeu d'enfant, s'emparait d'une part de pudding rassis, de poires abîmées, de pommes de terre crues... sans oublier, la veille de sa mort, ce pot de marmelade réservé à la directrice... Mais elle ne s'était jamais fait prendre et les autres filles volaient autant qu'elle. Non, il fallait chercher ailleurs.

À force de se concentrer, un souvenir plus précis lui apparut.

C'était une semaine avant sa mort. Elle était dans le bureau de Mme Winnipott, occupée à frotter le parquet à la paille de fer. En se relevant afin de soulager son dos fatigué, elle avait fait tomber du bureau un cahier gris. Elle avait voulu le ranger à la hâte mais, à cet instant, Elspeth était entrée, gesticulant telle une furie :

– Je t'y prends à fouiller dans les affaires de madame Winnipott !

La directrice, alertée par ce remue-ménage, avait à son tour fait irruption dans la pièce. Sans un mot, elle avait arraché le cahier des mains de Sarah avant de cracher :

– Sors d'ici et n'y remets plus les pieds. Tu te passeras de dîner pendant huit jours. « Âme corrompue par le Malin n'a pas besoin de souper fin ! »

Sarah n'avait pas tenté de se justifier. Elle s'était réfugiée dehors, sous un buisson, et avait donné libre cours à ses larmes. La priver de repas pour si peu, c'était tellement injuste !

Elle écarquilla les yeux dans le noir. Et si ce jour-là Mme Winnipott l'avait punie parce qu'elle la soupçonnait d'avoir pris connaissance du contenu du cahier ?

Et s'il y avait là des secrets qu'il fallait cacher à tout prix ? Des secrets tellement secrets qu'il valait mieux tuer celle qui risquait de les révéler ? Oui, elle tenait sûrement une piste !

Pour en avoir le cœur net, il lui suffirait de mettre la main sur ce cahier et de découvrir ce qui y était noté.

Hélas, impossible de s'en occuper maintenant, Mme Winnipott dormait dans une chambre attenante à son bureau et risquait de la surprendre.

Au bout de quelques minutes, trop agitée pour s'assoupir, Sarah se redressa, décidée à mettre son insomnie à profit pour faire une visite qui lui tenait à cœur.

Elle resta immobile un instant, attentive au sommeil de ses compagnes. Puis, sans bruit, elle enfila des habits chauds et, bottillons à la main, traversa le sombre dortoir sur la pointe des pieds.

En dépit de ses précautions, elle marcha sur une latte disjointe et le parquet émit un grincement sonore. Sarah grimaça, s'attendant au pire, mais personne ne bougea. Elle gagna furtivement l'escalier.

Une fois en bas, elle longea le grand couloir et passa devant le bureau de Mme Winnipott, d'où filtrait un rai de lumière. La directrice laissait brûler chaque nuit une bougie de suif pour, affirmait-elle, tenir le Malin éloigné. Arrivée devant la grande porte, Sarah donna un tour de clé et se retrouva dehors, sur le perron des Hirondelles. Elle se chaussa, remonta l'allée en courant puis se dirigea sans hésiter vers le cimetière.

La compagnie des morts

En chemin, Sarah se retourna à plusieurs reprises, inquiète. Il lui semblait entendre des pas discrets. Mais pour autant qu'elle pût voir dans l'obscurité, il n'y avait derrière elle ni homme ni bête. Cependant, le sentiment confus d'être épiée persista et elle pressa le pas.

Le portail du cimetière émit un grincement sinistre et Sarah se retrouva face à d'innombrables allées bordées de tombes. L'endroit était en piteux état. Sarah frissonna. Tout fantôme qu'elle était, la compagnie des morts ne la réjouissait guère.

Elle parcourut les allées, scrutant les tombes une à une jusqu'à ce qu'elle trouve celle qu'elle cherchait. La sienne, un monticule surmonté d'une croix, « Sarah Fisher 1837-1850 ».

Elle s'agenouilla, en proie à un mélange de chagrin et de rage, et en silence, solennellement, jura qu'elle ne quitterait ce monde que lorsqu'elle aurait tout mis en œuvre pour confondre son meurtrier.

Ou sa meurtrière.

C'est alors qu'une voix grave, non loin d'elle, la fit sursauter :

– Dans cette tombe, il n'y a personne.

Sarah se retourna promptement. Jézabel était là qui l'observait, un sourire amusé sur les lèvres.

– Tu m'as suivie, c'est ça ?

La bohémienne haussa les épaules.

– Le parquet a craqué, ça m'a réveillée et j'ai eu envie de savoir ce que tu fabriquais. Je t'avoue que je ne suis pas déçue.

Sarah se sentit obligée de s'expliquer.

– Je n'arrivais pas à dormir, j'ai eu envie de prendre l'air.

Une moue sceptique se dessina sur les lèvres de Jézabel, qui précisa :

– En tout cas, quelle que soit la raison de ta présence, sache que cette tombe-là est vide, je sais de quoi je parle !

– Qu'est-ce que tu racontes ? rétorqua Sarah. C'est impossible !

– Je raconte ce que j'ai vu de mes propres yeux. Je suis venue là deux jours après les funérailles. Le cercueil n'était pas encore sous terre, quelqu'un en avait retiré les clous et je l'ai ouvert sans mal. Le corps n'y était plus.

Sarah secoua la tête, incrédule.

– Désolée, mais je ne te crois pas.

Jézabel, imperturbable, poursuivit son récit :

– Le cercueil de Sarah, je l'ai ouvert parce que je sais que certaines filles cachent des pendentifs sous leur corsage, alors j'ai voulu vérifier. Quand j'ai constaté qu'il était vide, je t'assure que j'ai eu un choc. On n'a pas idée, déterrer une morte, tout de même...

Sarah garda le silence, ébranlée par la sincérité qui pointait dans la voix de Jézabel. Elle disait vrai, à n'en pas douter. Pourtant, Lord Fletcher l'avait précisé, son corps reposerait « tranquillement et à jamais au fond de sa tombe », il avait même ajouté qu'il ne subirait pas la moindre détérioration. Alors que s'était-il passé ?

– Qui a bien pu agir ainsi ? murmura Sarah. Et pourquoi ?

La bohémienne répondit :

– Il paraît que les étudiants en médecine dérobent parfois des corps dans les cimetières pour les disséquer.

Cette perspective peu réjouissante fit frissonner Sarah, qui ajouta à mi-voix :

– Et toi tu pilles les tombes, c'est ça ?

La bohémienne rejeta en arrière sa chevelure emmêlée. Puis elle détourna le regard avant d'avouer :

– Lorsque je suis arrivée aux Hirondelles, William m'a proposé de récupérer les bijoux ornant parfois les morts. Il se charge de les vendre lorsqu'il va au marché. J'ai accepté dans l'espoir de gagner un peu d'argent pour m'échapper de cette prison mais j'ai vite renoncé car c'est une horrible besogne.

Elle secoua la tête, comme pour chasser au loin ces vilains souvenirs, puis lança :

– Qu'es-tu venue faire ici, Sarah ?

Justicières

Sarah se sentit rougir dans l'obscurité. Que dire ? La vérité, toute la vérité, rien que la vérité ? Impossible !

– Je te l'ai déjà expliqué, je ne parvenais pas à dormir, alors je suis sortie me promener.

– Hum, drôle d'endroit pour une balade ! commenta Jézabel, peu convaincue.

Puis, contemplant la tombe devant elle, elle murmura :

– Cette fille, c'est curieux ce qui lui est arrivé...

Sarah frémit.

– Comment ça, « curieux » ?

– On m'a dit qu'elle connaissait la falaise mieux que sa poche, c'est bizarre qu'elle soit tombée comme ça, non ? Enfin moi je n'y ai pas cru, parce qu'en plus...

– Parce qu'en plus ?

La bohémienne joua un instant avec ses boucles d'oreilles, toussota et enfin lâcha :

– Ce matin-là, j'étais punie, de corvée de puits dès l'aube, sur l'ordre d'Elspeth. J'ai vu Sarah s'éloigner vers la falaise, et un instant plus tard madame Winnipott emprunter le même chemin. D'habitude elle ne quitte pas son lit de paresseuse avant neuf heures passées, alors je me suis demandé si elle ne suivait pas Sarah, surtout que...

Elle hésitait à poursuivre et Sarah la pressa :

– Surtout que ?

– Figure-toi qu'un moment plus tard madame Winnipott est revenue, échevelée, l'air très agitée. Elle ne m'a pas vue, elle a filé chercher William et Joseph et ils sont repartis en courant par le chemin du bas, celui qui descend aux rochers. Ils en sont remontés avec le corps de la pauvre Sarah une heure après.

Sarah l'écoutait, le cœur serré, bouleversée par le souvenir de cette mystérieuse silhouette se précipitant sur elle dans le matin brumeux. Mme Winnipott, probablement.

Jézabel poursuivit son récit.

– Après, ils ont raconté qu'un pêcheur avait trouvé une jeune fille morte au bord de l'eau et qu'il était aussitôt monté à l'orphelinat prévenir la directrice. Rien que des mensonges, pas le moindre pêcheur à l'horizon, j'en suis témoin, même si je n'ai rien dit à personne. Je n'avais pas envie de recevoir mon lot de coups de ceinture !

Elle fit une petite moue triste et conclut :

– Je l'avoue, j'ai toujours soupçonné la directrice d'avoir tué Sarah Fisher. Mais pour quel mobile ? Madame Winnipott, à part les bondieuseries, il n'y a que l'argent qui l'intéresse, et Sarah, de l'argent, elle n'en avait pas !

Sarah ne dit mot. Pour elle le mobile ne faisait aucun doute : un secret dissimulé entre les pages d'un cahier qu'elle n'avait même pas feuilleté !

Les deux jeunes filles rebroussèrent chemin en silence, marchant côte à côte. Alors qu'elles arrivaient aux abords de l'orphelinat, Sarah se tourna vers sa voisine et murmura :

– Je me demandais si…

Elle se tut, surprise par la proposition qu'elle s'apprêtait à formuler.

– Si ?

– Si tu ne pouvais pas m'aider à découvrir ce qui est réellement arrivé à cette fille.

– Pourquoi tu t'intéresses à elle ? Tu ne l'as jamais rencontrée ! rétorqua Jézabel.

Sarah, prise de court, réfléchit en vitesse et trouva un argument de poids.

– Parce que si madame Winnipott est une criminelle, qui te dit qu'elle n'attaquera pas quelqu'un d'autre ? Peut-être toi, ou moi !

La bohémienne émit un léger sifflement.

– Tu as raison, je n'avais pas pensé à ça ! C'est entendu, on fait équipe.

Elles allaient remonter l'allée lorsque, au détour d'un bosquet, elles stoppèrent net. Quelqu'un s'avançait dans leur direction. Vite, le cœur battant, elles firent un pas de côté pour se dissimuler derrière le large tronc d'un tilleul.

Jézabel risqua un coup d'œil prudent et chuchota :

– C'est Joseph, il ne nous a pas vues. On dirait qu'il cache quelque chose sous son manteau. Je me demande ce qu'il fabrique dehors si tard.

Elles attendirent que le danger soit écarté, puis repartirent en marchant à pas vifs, pressées d'arriver.

Juste avant de gagner le perron, songeant au cahier gris, Sarah chuchota :

– On pourrait commencer par visiter le bureau de madame Winnipott, demain, sous prétexte d'y faire le ménage. On y trouvera peut-être un indice en rapport avec la mort de Sarah Fisher.

– Tu as raison, inutile d'attendre ! approuva Jézabel.

Sur ces mots, elles regagnèrent le dortoir sur la pointe des pieds et se blottirent frileusement entre leurs draps humides.

Sarah soupira en fermant les yeux. Il lui restait bien des réponses à obtenir avant de rejoindre Lord Fletcher, les bals, les jeux et les palais. Sa dernière pensée avant de sombrer fut pour son pauvre corps, malmené par les mains peu délicates des étudiants en médecine !

Jézabel, dans le lit voisin, souriait. Après de longues semaines de solitude dans cet endroit affreux, elle était sur le point de se faire une amie, une fille étrange qui musardait dans les cimetières et voulait jouer les justicières.

La vie de bohème

Au matin, Sarah et Jézabel se portèrent volontaires pour sarcler ensemble un carré de plants de pommes de terre, au fond du jardin, à l'abri des oreilles indiscrètes. Tout en s'activant sans relâche, elles mirent au point l'expédition prévue le jour même dans le bureau de Mme Winnipott. Elles avaient terminé et s'apprêtaient à regagner l'orphelinat lorsque Sarah osa :

– C'est vrai ce qu'on raconte, tu es une bohémienne ?

Jézabel secoua la tête en souriant tristement.

– Non, ni bohémienne ni orpheline...

Puis en quelques mots, à voix basse, elle conta son histoire.

Née de père inconnu, Jézabel était la fille d'une comédienne dont la troupe avait élu domicile au grand théâtre de Northtown.

Elle y menait une existence des plus heureuses, choyée par sa mère, Margaret, qu'elle chérissait.

La vie de bohème lui convenait tout à fait, elle adorait le théâtre, ses froufrous et ses drames, et il lui arrivait même de monter sur scène pour faire de la figuration. Elle connaissait de nombreuses pièces par cœur et, confortablement installée dans les coulisses, elle soufflait parfois leur texte aux acteurs pendant les représentations.

Hélas, cette vie de rêve avait pris fin peu de temps auparavant lorsque Margaret, du jour au lendemain, avait mystérieusement disparu. La troupe au grand complet s'était lancée à sa recherche, écumant en vain les lieux où la jeune femme avait ses habitudes. L'on avait contacté ses amis, fouillé sa loge de fond en comble en quête du moindre indice, mais là aussi sans résultat.

L'inspecteur Sharp, de la police de Northtown, avait été chargé de l'enquête. Il avait mené ses investigations avec d'autant plus de sérieux qu'il appréciait beaucoup la comédienne. Il l'avait déjà invitée à dîner à plusieurs reprises et Jézabel avait noté qu'il rougissait à chaque fois qu'il était en présence de sa mère.

Malheureusement, en dépit de ses efforts et de sa bonne volonté, il n'avait rien trouvé de concluant.

Le lendemain de la disparition de Margaret, le directeur du théâtre avait contacté Mme Winnipott et l'avait priée d'accueillir Jézabel dont il ne voulait pas s'encombrer. Celle-ci, dans un geste de défi, avait alors volé son costume préféré, un habit de bohémienne, et c'est ainsi vêtue, la mort dans l'âme, qu'elle avait débarqué aux Hirondelles.

– Voilà, tu sais tout maintenant ! murmura Jézabel, les larmes au bord des yeux.

En reniflant elle précisa :

– La directrice m'a chargée d'accompagner William au marché chaque semaine. On reste en ville la journée entière et, le soir, le jardinier aime bien faire un détour par la taverne. J'en profite pour rendre visite à la troupe, puis à l'inspecteur, mais...

Sarah, émue, aurait aimé poser sa main sur l'épaule de son amie. Hélas, c'était un geste qu'elle ne pouvait se permettre de faire sans se trahir. Elle s'apprêtait à prononcer quelques mots de réconfort lorsque la voix éraillée de la vieille Martha transperça l'air :

– À table, et plus vite que ça. Pas de repas pour les retardataires !

Corvée de ménage

Après le déjeuner, une soupe de pommes de terre où flottaient quelques morceaux de pain rassis, Sarah fila dans l'arrière-cuisine remplir un panier de brosses, de cire et de chiffons. Martha sur son passage siffla entre ses dents :

– Dépêche-toi un peu, paresseuse ! Et quand t'auras fini, monte au dortoir changer les draps ! C'est compris ?

N'obtenant pas de réponse, la cuisinière maugréa :

– Pff, à peine arrivée que ça se donne déjà des grands airs. Mais t'inquiète pas, va, on te dressera comme les autres !

Sarah s'éloigna en frissonnant, cette femme lui faisait froid dans le dos.

Au milieu du couloir, elle croisa le révérend Collins, un familier des lieux. Son épouse et lui vivaient au presbytère, à côté du cimetière. Mme Winnipott faisait régulièrement des dons à la paroisse dans l'espoir de s'attirer les faveurs du Très-Haut si bien que le révérend, en guise de remerciement, lui offrait sa visite quotidienne.

Il adressa à Sarah un sourire poli auquel elle répondit en s'efforçant de dissimuler son étonnement. Comme le révérend avait maigri depuis la dernière fois qu'elle l'avait vu ! Cela ne remontait pourtant pas à si longtemps, quelques semaines tout au plus. Ses traits s'étaient creusés et il avait l'air à bout de forces. On disait sa femme malade au point de ne plus pouvoir sortir, voilà sans doute pourquoi le pauvre homme semblait si soucieux.

Arrivée devant le bureau de la directrice, Sarah tomba sur Jézabel, à genoux, en train de lessiver le sol du couloir, prête à lui signaler toute arrivée intempestive. Elles échangèrent un clin d'œil, et Sarah entra dans la pièce en refermant la porte derrière elle.

Elle s'attela sans attendre au ménage. Quand elle eut enfin terminé, elle s'approcha du bureau. Elle y trouva du papier à lettres, des enveloppes, deux livres de prières, une bible et une revue qui titrait *Les chauves-souris, messagères de Satan ?* mais pas trace du cahier gris.

Dans le couloir, Jézabel fredonnait toujours allègrement, personne en vue ! Sarah, sans bruit, ouvrit la porte de la première armoire. Face à elle, sur les étagères, des piles de livres de comptes qu'elle feuilleta fébrilement, des factures et des courriers, rien d'intéressant.

Elle s'attaqua à la seconde armoire, fit rapidement l'inventaire du contenu, papiers en pagaille et documents comptables, avant de laisser échapper un soupir découragé. Elle allait renoncer lorsque, en se hissant sur la pointe des pieds pour examiner la plus haute des étagères, elle vit dépasser sous un amas de feuilles le coin du fameux cahier. Le cœur battant, elle le tira à elle mais au même instant Jézabel s'exclama, exagérément fort :

– Oh madame Winnipott, attention ! Ne glissez pas, le sol est mouillé…

Sarah referma précipitamment l'armoire, enfouit son butin dans la grande poche de son tablier et se jeta à quatre pattes, chiffon en main, pour lustrer le parquet. Quelques secondes plus tard, la porte s'ouvrait.

– Bonjour madame, murmura Sarah.

Mme Winnipott ne la salua pas en retour. À la place elle lâcha, méprisante :

– Comment se peut-il que tu n'aies pas encore fini ?

– C'est que je n'ai pas l'hab...

– Tais-toi donc. Et quelle incroyable quantité de cire as-tu utilisée là ! Crois-tu que je sois livrée gratuitement ? Avec ce que vous me coûtez, je dois faire attention à tout, tu entends ? À tout !

Sarah, sans cesser de passer le chiffon, baissa humblement la tête.

Le regard fureteur, la directrice inspecta la pièce et sembla presque déçue de ne rien y trouver à redire. Elle ordonna enfin sèchement :

– Ramasse ce balai, « Balai qui traîne à terre indique le chemin de l'enfer ». Et sors d'ici, je t'ai assez vue.

Sarah s'empressa d'obéir. En sortant, elle faillit trébucher sur Jézabel qui brossait toujours le carrelage avec vigueur et lui souffla :

– Rejoins-moi là-haut.

Le cahier gris

Sarah croisa Joseph dans l'escalier et se plaqua contre le mur pour le laisser passer. Il la dévisagea si froidement qu'elle frissonna, au comble du malaise. Soudain, il se retourna pour l'interpeller :

– Eh, toi la nouvelle, qu'est-ce que tu montes faire là-haut ?

– Martha m'a demandé de changer les draps, monsieur.

Il la toisa de longues secondes, l'air soupçonneux, avant de s'en aller enfin.

Sarah grimpa les dernières marches en courant et changea les draps à la va-vite. La besogne achevée, elle s'assit sous la lucarne et sortit le cahier de sa poche.

Sur une dizaine de pages s'étalaient des listes de noms inconnus, suivis de dates et de sommes qui dépassaient l'entendement, biffées d'un trait de crayon. Cinq cents livres, sept cents livres, mille livres... Qu'est-ce que cela pouvait bien signifier ?

Elle était si concentrée qu'elle sursauta lorsque Jézabel fit irruption dans le dortoir en s'écriant :

– Alors ?

Puis elle se laissa choir à côté de Sarah qui s'écarta prudemment en lui tendant le cahier.

– J'ai découvert ça en haut d'une armoire. Des noms, des dates, des sommes...

Jézabel tourna les pages avec excitation, puis déclara enfin :

– Ce sont des lords et des notables, tout le gratin de Northtown. Ils assistaient aux premières avec leurs femmes, mais il arrivait aussi qu'ils viennent seuls, pour emmener souper les comédiennes après le spectacle.

Elle se tut, songeuse, avant d'ajouter :

– Madame Winnipott va souvent au théâtre, elle aussi. Si ça se trouve elle espionne ces gentlemen, note leurs petits secrets et les fait chanter en échange de son silence. Ça expliquerait ces listes de noms et les sommes en face, non ?

Sarah compléta d'un ton fiévreux :

– Oui ! Madame Winnipott a peut-être surpris Sarah Fisher avec ce cahier en main ? Et elle a décidé de l'éliminer de crainte que ne soient révélées au grand jour ses pratiques malhonnêtes.

Jézabel hocha lentement la tête.

– C'est fort possible. Mais ce ne sont que des suppositions, la police ne s'en...

Elle s'interrompit brusquement, quelqu'un montait pesamment les marches. À peine Sarah eut-elle caché le cahier sous son tablier qu'Elspeth ouvrait la porte à toute volée. Un sourire mauvais aux lèvres, elle les apostropha :

– Joseph ne s'est pas trompé, vous voilà, sales petites fainéantes ! Dépêchez-vous de descendre dans la salle à manger, le révérend va nous faire la lecture ! Et après le souper, vous nettoierez les écuries !

Ruade et conséquences

Les lectures du révérend étaient très appréciées. Non parce qu'elles captivaient l'auditoire, loin s'en faut, mais parce que pendant qu'il lisait de très édifiantes pages de l'Ancien Testament chacune pouvait se reposer un peu.

Sarah et Jézabel s'assirent discrètement. Le révérend se racla la gorge et, d'une voix lasse, entreprit la fastidieuse lecture d'un passage de la Bible. Il y était question de tenir le mal à l'écart, ainsi que le diable et ses suppôts, sujet de prédilection de Mme Winnipott.

Tandis que Jézabel s'assoupissait à ses côtés, Sarah écoutait l'homme d'Église d'une oreille distraite, l'esprit ailleurs.

Elles avaient démasqué sa meurtrière, elles connaissaient le mobile de son acte ignoble, restait maintenant à faire en sorte que la justice suive son cours. Ce serait peut-être l'étape la plus difficile à mettre en œuvre.

À la lecture succéda le souper, servi de mauvaise grâce par Martha, de fort méchante humeur comme à son habitude. Elle posa brutalement sur la table deux marmites d'une purée gluante d'où émergeaient de pauvres portions d'épaule de mouton, si grasses que même des chiens errants n'en auraient pas voulu.

À peine Sarah et Jézabel eurent-elles fini leur triste repas que Joseph les conduisit à l'écurie, posa une lanterne par terre et ordonna :

– Nettoyez-moi tout ça sans perdre de temps. Sinon...

Il les gratifia d'un sourire sinistre et tourna les talons, les laissant en compagnie des occupants des lieux, un âne et trois chevaux placides qui tournèrent la tête vers elles.

Elles devaient disposer le fumier en tas, lessiver les stalles, offrir du foin frais aux animaux, tirer l'eau du puits pour remplir les abreuvoirs, renouveler la paille, soit au minimum deux heures de labeur.

Sarah empoigna une fourche et déclara :

– Nous avons progressé, mais cela ne suffit pas. Il nous faut confondre madame Winnipott, la forcer à passer aux aveux.

– Oui, mais comment ? interrogea Jézabel, à court d'idées.

Tout en prononçant ces mots, elle donna une claque sur la cuisse de l'âne pour le déloger. Ce dernier, mécontent, esquissa une ruade. Jézabel recula, buta contre une botte de foin et, malheureusement, ne put éviter la chute.

Sarah vit Jézabel perdre l'équilibre et battre des bras, elle n'eut cependant pas le temps de s'écarter. Elle sentit le corps de son amie percuter le sien de plein fouet et le traverser de part en part, avant de chuter en arrière sur une épaisse couche de foin. Sarah s'attendait à entendre un hurlement de terreur, mais rien ne rompit le silence. Jézabel la fixait, bouche ouverte, et se décida enfin à balbutier :

– Il vient de se passer quelque chose de bizarre... Tu es... Tu n'es pas...

Sarah se laissa tomber à genoux à ses côtés.

– Oui, je suis, et je ne suis pas...

Jézabel prit une profonde inspiration, avança une main hésitante et tenta en vain de toucher la joue de Sarah.

Elle ne put retenir un cri avant de murmurer :

– Dis-moi que je rêve. C'est comme si tu n'existais pas…

Sarah n'avait plus le choix, elle devait parler.

Le regard plongé dans celui de son amie, elle raconta d'une traite son incroyable histoire tandis que Jézabel, fascinée, buvait ses paroles. De temps à autre, elle laissait échapper des « Ça alors ! » stupéfaits, des « Non ! » interdits. À une ou deux reprises, elle se pinça le bras, voulant s'assurer qu'elle n'était pas la proie d'un songe, mais au grand soulagement de Sarah elle ne sembla pas un seul instant prête à s'enfuir. Lorsque le récit prit fin, Jézabel observa :

– Je n'ai jamais rien entendu de tel, même au théâtre. Tu es… Tu es le fantôme de Sarah Fisher… Une revenante… Je comprends mieux pourquoi tu tiens tant à savoir ce qui s'est passé au bord de la falaise !

Puis, par jeu, pour goûter encore cette incroyable sensation, elle tenta sans succès de toucher l'épaule de sa compagne.

– Une revenante, répéta-t-elle avec, sur les lèvres, un sourire émerveillé.

Sarah se sentit légère, soudain, et heureuse. Que c'était bon d'avoir à ses côtés une amie à qui confier le plus extraordinaire des secrets ! Lord Fletcher se trompait peut-être, les morts et les vivants pouvaient s'entendre, finalement.

Un bruit métallique, à l'extérieur, les fit sursauter. Elles se dévisagèrent, perplexes et, dans un même élan, gagnèrent la fenêtre pour jeter un coup d'œil discret dehors. C'était Joseph. Au fond du potager, une lanterne à la main, il était en train de dissimuler une pelle sous son manteau. Il regagna l'orphelinat avant de le contourner, puis de s'en éloigner à la hâte. Où pouvait-il bien se rendre à une heure pareille ?

– Viens, murmura Sarah, suivons-le, on va enfin savoir ce qu'il trame !

Rendez-vous au cimetière

Elles quittèrent l'écurie et, à la lumière des étoiles, se lancèrent à la suite de Joseph. Il courait presque.

– Il a peut-être un rendez-vous, suggéra Sarah.

Elles pressèrent le pas pour ne pas le perdre de vue, se cachant régulièrement derrière le tronc des arbres de crainte qu'il ne se retourne.

Parvenu au cimetière, il poussa la grille et s'engagea dans une allée bordée de tombes. Elles se dissimulèrent derrière un muret et, le souffle court, l'entendirent creuser le sol à un rythme rapide, sans ménager ses efforts.

– J'en étais sûre ! chuchota Jézabel. Tu vois, il n'y a pas que moi qui rôde dans les cimetières !

– Regarde, souffla soudain Sarah. On va avoir de la compagnie !

Une carriole s'avançait dans leur direction. Sarah et Jézabel, courbées en deux, longèrent l'allée à toute vitesse, sans un bruit. Elles se cachèrent derrière un mausolée, le dos plaqué au mur, jetant de furtifs coups d'œil vers l'équipage qui s'approchait.

Un instant plus tard, deux hommes vêtus de capes noires mirent pied à terre et elles entendirent l'un d'eux faire un pas dans leur direction, comme s'il soupçonnait leur présence. Elles arrêtèrent de respirer, pétrifiées, puis se détendirent lorsque les comparses pénétrèrent dans le cimetière pour rejoindre Joseph. Ils discutèrent à voix basse mais elles étaient trop loin pour entendre leur conversation.

Quelques minutes après, ils sortirent tous trois en portant un long paquet qu'ils firent basculer dans la carriole, avant d'y monter et de faire demi-tour.

Une fois qu'ils furent partis, Sarah constata tristement :

– C'étaient sûrement les étudiants en médecine dont on t'a parlé. À coup sûr ils paient Joseph pour leur procurer des cadavres. Quand je pense que mon pauvre corps a peut-être subi pareil sort...

Jézabel voulut poser sa main sur celle de son amie mais ne rencontra que l'air frais du soir.

– Écoute, dit-elle, demain j'accompagne William au marché. J'irai voir l'inspecteur Sharp pour savoir s'il a du nouveau au sujet de ma mère et je lui raconterai ce à quoi nous venons d'assister. Je suis sûre qu'il mettra fin à cet odieux trafic et punira ceux qui s'y livrent !

– Entendu, soupira Sarah. De mon côté, je recopierai les informations contenues dans le cahier, puis je le remettrai en place. Il vaut mieux que madame Winnipott ne se rende pas compte de sa disparition...

Jézabel hocha la tête avant de conclure en levant les yeux au ciel :

– Dire que nous avons à peine commencé le nettoyage de l'écurie !

Passe-muraille

Le lendemain matin, Sarah vit à regret s'éloigner l'attelage qui conduisait Jézabel et William à Northtown. La journée allait lui paraître interminable !

Elle expédia la corvée d'épluchage de pommes de terre puis, sous prétexte d'y passer le balai, se réfugia dans le dortoir. Là, elle arracha une page au cahier gris sur laquelle elle reporta les longues listes de noms et de sommes suspects. Quand elle eut terminé, elle glissa la feuille sous son matelas, enfouit le cahier dans la poche de son tablier et redescendit.

En bas, elle demanda à des pensionnaires qui rentraient du potager :

– Savez-vous où se trouve madame Winnipott ?

– Dans le jardin, avec le révérend Collins, lui fit-on savoir.

Parfait. Sur ses gardes, jetant d'incessants coups d'œil par-dessus son épaule, Sarah longea le couloir jusqu'au bureau de Mme Winnipott.

Par précaution, elle frappa doucement à la porte. On ne lui répondit pas et elle se faufila dans la pièce.

Elle gagna l'armoire en trois enjambées et allait l'ouvrir lorsqu'elle entendit un bruit de pas. Elle suspendit son geste, en alerte, tandis qu'une voix reconnaissable entre toutes, très proche, déclarait :

– Croyez-moi, révérend, nous serons mieux dans mon bureau. Ce dont j'ai à vous entretenir est de nature, comment dire... plutôt confidentielle.

Sarah, paniquée, regarda autour d'elle. Où pouvait-elle se cacher ? Dans la chambre de Mme Winnipott, peut-être ? Hélas, elle eut beau en actionner la poignée, la porte ne s'ouvrit pas. Elle allait se faire surprendre, pour la deuxième fois, avec le cahier gris entre les mains !

Non, ce n'était pas possible, il fallait trouver une solution, vite.

Les sourcils froncés, elle fixa le mur face à elle. Comme tout fantôme qui se respecte, elle devait être capable de le traverser. L'expérience ne la tentait guère mais elle n'avait pas le choix. Elle ferma les yeux et se plaqua contre la cloison en imprimant une forte poussée. Elle fut aussitôt absorbée par le mur, alors que Mme Winnipott, suivie du révérend Collins, faisait son entrée.

Confidences

Une fois emmurée, Sarah fut saisie d'une bouffée d'angoisse. Elle s'efforça de retrouver son calme, y parvint, puis bougea légèrement pour vérifier qu'elle n'était pas prisonnière de l'épaisse paroi de brique.

Non, elle pouvait évoluer à sa guise, rester en place ou sortir de l'autre côté si elle le souhaitait.

Soulagée de se savoir libre de ses mouvements, elle tendit l'oreille pour ne rien perdre des confidences de Mme Winnipott.

– De quoi souhaitiez-vous m'entretenir, chère amie ? demanda le révérend.

– Voyez-vous, c'est assez délicat et…

– Êtes-vous certaine qu'il n'y a pas plutôt là matière à confession ?

– Bien sûr que non ! se récria la directrice. Je n'ai nullement péché, rassurez-vous ! J'ai simplement besoin d'un conseil quant à la suite à donner à certains événements.

Elle se tut, toussota pour s'éclaircir la voix et se lança enfin :

– Je ne sais pourquoi mais depuis deux jours je ne cesse de penser à Sarah Fisher, vous savez, cette orpheline dont vous avez célébré les funérailles début décembre.

À ces mots, le cœur de Sarah se mit à battre si fort qu'elle craignit un instant qu'on l'entendît jusque dans le bureau. Le révérend, visiblement surpris lui aussi, balbutia :

– Sarah Fisher... Une chute malheureuse, un terrible accident...

– Justement, non ! reprit Mme Winnipott d'un ton fébrile. Figurez-vous que le matin où ce tragique événement a eu lieu, je me trouvais sur la falaise. À dire vrai, j'avais rendez-vous avec un gentleman qui devait s'acquitter d'une dette à mon endroit et souhaitait le faire en toute discrétion, à ceci près qu'il n'est pas venu.

– Vous vous trouviez sur la falaise... répéta son interlocuteur, à mi-voix.

– Oui, non loin de la main de Satan. Je n'ai pas une très bonne vue, le jour n'était pas encore levé, mais j'ai reconnu Sarah, penchée au bord de la falaise.

– Et là...

– Et là, j'ai distingué quelqu'un qui se précipitait à sa rencontre et... Je n'en jurerais pas, mais je crois bien que cette personne a poussé la jeune fille dans le vide avant de s'enfuir en courant.

Sarah, tendue à l'extrême, ne respirait plus. Si ce n'était pas Mme Winnipott qui l'avait fait passer de vie à trépas, qui cela pouvait-il être ?

Le révérend, quant à lui, laissa planer un silence stupéfait avant de murmurer :

– Cette personne, c'était...

– Une femme, sans le moindre doute ! le coupa Mme Winnipott. Elle était trop loin, je n'ai pu distinguer ses traits, mais elle portait une robe dont les pans flottaient au vent. À l'époque, je me suis tue car je craignais les questions indiscrètes au sujet de mon rendez-vous avec ce monsieur. Seulement depuis quelques jours ma conscience est tourmentée... Mon révérend, croyez-vous qu'il soit nécessaire que je prévienne les forces de l'ordre ?

Le révérend garda le silence un moment tandis que Sarah, dans sa cachette, bouillait d'indignation. Est-ce qu'il fallait qu'elle prévienne la police ? Quelle question ! Bien sûr, cela aurait même dû être fait depuis longtemps !

Le révérend Collins, d'un ton rassurant, finit par répondre :

– Très chère, tout cela remonte à quelques semaines déjà, vos souvenirs sont imprécis... Non, inutile de déranger la police avec cette histoire. Vous n'en tireriez rien de bon, juste des questions embarrassantes et des tracas inutiles. Enfin ce n'est que mon avis...

Mme Winnipott laissa échapper un petit rire satisfait.

– Un avis précieux que je vais m'empresser de suivre, mon révérend !

Horrifiée, Sarah fut tentée de s'extirper du mur pour leur crier à quel point elle les trouvait méprisables, mais elle se retint, cela ne servirait à rien.

Elle resta là longtemps après que la directrice et le révérend eurent quitté la pièce. La colère avait cédé la place au découragement. Elle faisait fausse route depuis le début, Mme Winnipott et son cahier gris n'étaient pour rien dans sa mort...

Mais alors qui pouvait être celle qui l'avait fait basculer dans le vide, en ce funeste matin de décembre, et pourquoi ?

La perspective d'appeler Lord Fletcher par trois fois pour l'accompagner au bal se dissipait, plus insaisissable qu'un fantôme ! Seule la pensée du retour de Jézabel parvint à réconforter Sarah, qui quitta le bureau sur la pointe des pieds sans plus songer à remettre le cahier en place.

Rien à perdre

Sarah était couchée depuis peu quand les roues de la carriole de William crissèrent enfin sur le gravier. Malgré son désarroi, elle sourit en entendant peu après le pas léger de Jézabel monter l'escalier, puis s'avancer avec précaution entre les deux rangées de lits. Sarah se redressa à demi et chuchota :

– Je ne dors pas !

Un rire à peine audible lui répondit, puis :

– J'en étais sûre !

Jézabel se glissa entre ses draps et ajouta :

– Je n'ai pas pu voir le policier, il n'était pas là. Mais ne t'inquiète pas, je retourne à Northtown dans quinze jours, je lui parlerai.

– J'ai peut-être une meilleure idée, avança Sarah à voix basse.

Sur ces mots, elle quitta son lit et vint s'allonger à côté de Jézabel. Puis, au plus près de son oreille, dans un murmure ininterrompu, elle lui conta sa journée. Elle n'omit aucun détail, ni de son expérience de passe-muraille, ni des propos de Mme Winnipott, ni du mauvais conseil du révérend.

– Je ne veux plus passer une seule journée en présence de ces gens-là ! conclut-elle avec colère. Pourquoi n'irions-nous pas à Northtown demain, raconter ce que nous savons à l'inspecteur ? Après tout, nous n'avons rien à perdre !

– Demain ? Mais on ne nous laissera jamais quitter les Hirondelles...

– Nous n'avons pas besoin de demander la permission ! Il suffit de nous échapper discrètement avant le lever du jour. Et si le soir nous avons besoin d'un asile, nous pourrons toujours nous réfugier entre les murs de la bergerie, suggéra Sarah.

Jézabel resta silencieuse un moment avant de répondre, un sourire dans la voix :

– Je voudrais voir la tête d'Elspeth et de madame Winnipott quand elles comprendront que nous sommes parties !

Elles ne se reposèrent que quelques heures et quittèrent les lieux à l'aurore, avec pour seul bagage de légers baluchons garnis de linge, de pommes et de quignons de pain.

Elles avançaient rapidement, en silence, et ne tardèrent pas à gagner les faubourgs, puis les quais et enfin le centre-ville. Là, elles traversèrent tant bien que mal la place du marché, très encombrée, avant d'emprunter un dédale de ruelles en pente qui les mena au poste de police, un bâtiment sombre et peu engageant.

Elles s'engagèrent le long d'un obscur corridor et, tout au bout, s'arrêtèrent face à un comptoir derrière lequel se tenait un policier.

– Bonjour monsieur, le salua Jézabel. Nous venons voir l'inspecteur Sharp. Il enquête sur la disparition de ma mère, Margaret Holmes. Je suis passée hier, mais il était absent.

L'homme les conduisit devant un bureau fermé et frappa doucement.

– Inspecteur, j'ai ici des demoiselles qui vous demandent.

La porte s'ouvrit aussitôt sur un homme de haute taille, pipe à la bouche, dont le visage préoccupé s'éclaira à leur vue.

– Oh, Jézabel ! Donne-toi la peine d'entrer, et toi aussi, jeune fille.

Un meurtre

Une fois assise, Sarah dévisagea discrètement l'inspecteur, soucieuse de savoir comment il accueillerait ses étranges révélations. Il fallait qu'elle soit convaincante, sans pour autant dévoiler tous les éléments en sa possession. L'exercice serait difficile. Le policier s'adressa d'abord à Jézabel :

– Je suis navré, mais l'enquête n'a toujours pas avancé. Nous avons de nouveau interrogé toute la troupe ainsi que les connaissances de ta mère, j'ai fait passer un deuxième avis dans le journal pour recueillir d'éventuels témoignages, malheureusement, cela n'a rien donné.

Jézabel, déçue, détourna le regard, et l'inspecteur reprit avec conviction :

– Cela dit, je ne baisse pas les bras et je ne les baisserai jamais. Je retrouverai Margaret, tu peux compter sur moi.

Jézabel lui offrit un pâle sourire.

– Merci monsieur. Nous ne sommes pas venues seulement pour ma mère, il y a... Il y a autre chose dont nous souhaitons vous entretenir.

Elle se tourna à demi vers Sarah qui, les mains fermement agrippées aux accoudoirs, lâcha d'une voix qui ne tremblait pas :

– C'est au sujet d'un meurtre, monsieur.

Sharp leva les sourcils, visiblement surpris, et répéta :

– Un meurtre ? Fichtre...

Sarah continua :

– Le meurtre d'une jeune fille que j'ai très bien connue, monsieur. Elle s'appelait Sarah, tout comme moi, et elle vivait aux Hirondelles, elle aussi. Elle est morte le 2 décembre dernier, une femme l'a poussée du haut de la falaise.

L'inspecteur ne cacha pas son étonnement :

– Que me racontes-tu là ? Si pareille chose s'était produite, je serais au courant, non ?

Sarah répondit sans hésiter :

– Non monsieur. Madame Winnipott, la directrice de l'orphelinat, a prétendu qu'il s'agissait d'un accident et elle n'a pas averti la police.

Sharp recula dans son fauteuil sans quitter Sarah du regard. Il mâchonna le tuyau de sa pipe, pensif, puis la questionna :

– As-tu des preuves de ce que tu avances ?

Le lieu de toutes les turpitudes

Des preuves ?

L'espace d'un instant, la question de l'inspecteur désarçonna Sarah. Et s'il refusait de la croire, s'il pensait qu'elle avait inventé toute cette histoire ?

En quête d'encouragements, elle regarda Jézabel dont le sourire confiant la rasséréna, puis déclara :

– Non, monsieur, je n'ai pas de preuves, je peux juste vous jurer sur l'honneur que ce que je vais vous rapporter est l'exact reflet de la vérité.

– Je t'écoute, murmura le policier en lui souriant.

– Pas plus tard qu'hier, j'ai surpris madame Winnipott en train de confier au révérend Collins qu'elle avait été témoin du meurtre de Sarah Fisher. Elle n'a pas jugé bon d'en parler à la police, car elle craignait qu'on lui demande pourquoi elle était sur la falaise ce matin-là.

– Bien, bien. Et qu'y faisait-elle, l'a-t-elle mentionné ? releva Sharp, intrigué au plus haut point.

– Oui, monsieur. Elle attendait un gentleman qui devait lui porter de l'argent. Nous pensons qu'elle fait chanter de nombreuses victimes.

Sur ce, elle lui tendit le cahier gris.

– Vous trouverez là les noms, les dates, les sommes…

Il s'apprêtait à le feuilleter quand Jézabel intervint à son tour :

– Ce n'est pas tout, monsieur. Le cercueil de Sarah Fisher est vide et nous soupçonnons Joseph Tolliver, un employé des Hirondelles, d'avoir vendu son corps.

Sharp aspira une bouffée de tabac, plissa les yeux et s'enquit :

– Comment peux-tu être au fait d'un détail aussi sordide ?

Jézabel, les paupières baissées et les joues rouges, avoua :

– À mon arrivée à l'orphelinat, William, le jardinier, m'a proposé d'ouvrir les cercueils pour y dérober les bijoux qui s'y trouvaient. C'est comme ça que j'ai su que le corps de Sarah Fisher avait disparu. Et l'autre nuit, monsieur, nous avons surpris Joseph en train de déterrer un corps, puis de le céder à des jeunes gens, probablement des étudiants en médecine.

L'inspecteur répéta, horrifié :

– Tu ouvrais les cercueils ?

– Je ne l'ai fait que deux ou trois fois, monsieur, je vous le jure, s'empressa-t-elle d'ajouter.

Sharp, très choqué, s'exclama :

– Mon Dieu, Jézabel, mais... il s'agit d'un délit ! Ah, ma pauvre enfant, si Margaret savait à quoi tu en es réduite...

Il secoua la tête, puis ajouta à mi-voix :

– Si je me fie à vos dires, cet orphelinat est le lieu de toutes les turpitudes ! Un meurtre dissimulé à la police, auquel s'ajoutent chantage, trafic de cadavres et pillage de tombes. Cela commence à faire beaucoup, non ?

Sarah, craignant qu'il ne les accuse l'une et l'autre d'avoir trop d'imagination, sentit son pouls s'accélérer.

Après un court moment de réflexion, Sharp déclara :

– Je ne vous cache pas que vous avez éveillé ma curiosité. Je vais tirer tout cela au clair sans attendre.

Sarah, soulagée, se détendit enfin. Si Sharp ne mettait pas leurs paroles en doute, il y avait fort à parier que d'ici peu sa meurtrière serait sous les verrous !

Une coutume

Sarah et Jézabel sursautèrent lorsque l'inspecteur se leva brusquement pour les inviter d'un ton aimable :

– Vous êtes bien pâles ! Le bruit court que madame Winnipott ne nourrit pas toujours ses pensionnaires à leur faim, alors venez, allons manger.

Ils traversèrent d'un bon pas une place ornée d'une fontaine moussue, des rues flanquées de pavés glissants, la longue rue des poissonniers, et Sharp désigna enfin un pub dont les tables étaient disposées en terrasse. Ils s'y installèrent et passèrent commande de tourtes à la viande accompagnées de cidre.

Le policier sortit un carnet et, le crayon à la main, récapitula :

– Reprenons. Votre amie a été poussée de la falaise par une femme le 2 décembre, presque sous les yeux de madame Winnipott, c'est bien ça ? Je suppose qu'elle a été enterrée le lendemain, ou le surlendemain, avant de déserter sa dernière demeure… Jézabel, quel jour as-tu ouvert le cercueil ?

– Je l'ai fait le 5 décembre, avant l'aube, monsieur.

Il fronça les sourcils.

– Le 5 décembre. Comme c'est curieux, cette date m'évoque quelque chose… Oui, quelque chose, mais quoi ? Bah, n'y pensons plus, ça me reviendra.

Une servante posa devant eux des assiettes fumantes et des verres remplis à ras bord et le policier s'enquit soudain :

– Mesdemoiselles, à quelle heure devez-vous rentrer ?

– À vrai dire, nous nous sommes enfuies, monsieur, et nous n'avons pas l'intention de remettre les pieds aux Hirondelles, répondit Sarah, très fermement.

– Oh, je vois… Nous trouverons bien une solution d'ici ce soir.

Imité par ses deux invitées, il enfourna une délicieuse bouchée de tourte qu'il savoura longuement avant de remarquer :

– Il y a dans cette histoire un point qui m'intrigue fortement. Ces trafics de cadavres existent, hélas, depuis longtemps, je m'en suis déjà entretenu avec le doyen de la faculté de médecine. Si Joseph Tolliver est compromis dans de telles pratiques, nous mettrons fin à ses agissements, bien sûr, cependant…

– Cependant ? répéta doucement Sarah.

– La coutume, m'a-t-on dit, veut qu'à Northtown les apprentis médecins ne s'entraînent jamais à la dissection sur les corps d'enfants, absolument jamais. Voilà pourquoi je doute fort qu'ils se soient emparés de celui de votre jeune amie.

Sarah, abasourdie, écarquilla les yeux. Que leur chantait-il là ? Si les étudiants étaient hors de cause, qui avait subtilisé son corps et dans quel but ?

Chutes mortelles

De retour au commissariat, ils pénétrèrent de nouveau dans le bureau de l'inspecteur. Sarah, impatiente de voir l'enquête progresser, proposa aussitôt :

– Monsieur, peut être pourrions-nous nous rendre utiles ?

Le policier se gratta la tête avant de répondre :

– Je vais retrouver Perkins, mon adjoint, pour lui toucher deux mots de ce qui semble se tramer chez madame Winnipott ; je veux qu'il aille y faire un tour dès aujourd'hui. Quant à vous…

Il extirpa d'une étagère un carton qu'il déposa devant Sarah et Jézabel.

– Ce sont les archives des dossiers traités en cette fin d'année. Jetez-y un œil, je m'intéresse tout particulièrement à la date du 5 décembre, j'ai l'intuition qu'il y a là quelque chose qui pourrait nous intéresser.

Il quitta la pièce et elles s'attelèrent aussitôt à la tâche.

En date du 5 décembre, pas moins de dix-huit affaires avaient été soumises à l'attention de la police de Northtown. Sarah et Jézabel épluchèrent ensemble chacun des dossiers. Sous leur regard curieux défilèrent l'incendie de la halle aux poissons, une rixe sur la place du marché, un vol de poules, le cambriolage d'une bijouterie et...

– Lis donc ça, s'exclama Sarah. C'est incroyable !

Le 5 décembre, on avait signalé au poste de police le décès d'une jeune fille nommée Janet Leigh. Son corps sans vie avait été découvert au pied de la falaise, sous le rocher de la main de Satan, à l'endroit exact où trois jours plus tôt Sarah Fisher avait elle aussi péri. Là non plus, aucun témoignage, si bien qu'on avait conclu à une mort accidentelle.

– Étrange coïncidence, non ? souffla Jézabel. Deux chutes fatales à trois jours d'intervalle...

– Et si c'était l'œuvre de la même personne ? murmura Sarah. Une meurtrière qui guette les promeneuses et se précipite sur elles pour les pousser dans le vide sans que personne...

– Attends, l'interrompit son amie, il y a autre chose, regarde.

En bas de page, après la description qui faisait état de la triste fin de Janet Leigh, se trouvait une annotation. « Voir aussi en date du 27 novembre. » Ce que fit Sarah, avant de lire à voix haute :

– « 27 novembre 1850. Lady Leigh déclare la disparition de sa fille, Janet, alors qu'elle se rendait à l'anniversaire d'une camarade, dans une rue proche de son domicile. »

Jézabel, d'une voix sans timbre, commenta aussitôt :

– Le 27 novembre, c'est la date à laquelle ma mère s'est évanouie dans la nature.

Sarah observa son amie, puis murmura :

– Que de coïncidences...

Une visite

À peine Sharp était-il de retour dans son bureau que Sarah, la mine grave, lui fit part de leurs découvertes.

– Janet Leigh, chuchota-t-il. Oui, cela me revient maintenant. Une triste histoire qui comporte en effet bien des points communs avec les affaires qui nous occupent. Les dates, les lieux, les victimes... C'est étrange, vraiment.

– C'est vous qui aviez mené l'enquête ? demanda Sarah.

Le policier rougit légèrement avant de répondre :

– Non... À l'époque, je consacrais tout mon temps à rechercher Margaret Holmes, sans aucun succès, hélas. C'est Hibson, l'un de mes meilleurs hommes, qui a travaillé sur le dossier de la petite Leigh. Il ne pourra nous en dire plus, il est absent pour quelques jours, son épouse vient de donner naissance à des jumeaux.

Il se frotta le menton, perdu dans ses pensées, avant de frapper subitement dans ses mains d'un air décidé.

– Il me faut tirer tout cela au clair. Mesdemoiselles, êtes-vous prêtes à me suivre ?

– Où ça monsieur ? s'enquirent-elles d'une même voix.

– Nous allons de ce pas nous rendre à Richmond Square, chez Lady Leigh. Elle est veuve, et Janet était toute sa famille, je vous laisse imaginer son désespoir. Je vais l'interroger et essayer de considérer ses réponses avec un œil neuf. Je vous ferai passer pour des nièces en villégiature chez moi. Il va de soi que vous n'interviendrez dans notre entretien sous aucun prétexte. C'est entendu, je peux compter sur vous ?

Elles hochèrent la tête et tous trois se mirent en route.

Une demi-heure plus tard, Sharp frappait à la porte des Leigh. Une domestique, vêtue de noir de la coiffe jusqu'aux chaussures, fit entrer les visiteurs en murmurant :

– Je vais prévenir Milady.

Quelques instants après, elle les pria de pénétrer dans un petit salon où Lady Leigh, sombrement habillée elle aussi, était assise, la gazette du jour sur les genoux. Elle tourna vers eux un visage creusé par le chagrin.

– Puis-je savoir quel est l'objet de votre visite, inspecteur ? demanda-t-elle.

– Madame, je devine combien il vous est difficile d'évoquer le deuil qui vous frappe. Sachez cependant que de nouveaux éléments me permettent de rouvrir l'enquête. Voyez-vous, une jeune personne a trouvé la mort dans les mêmes circonstances que votre fille.

Il se tut un instant avant d'ajouter :

– Oh, j'allais oublier, ces demoiselles sont mes nièces, en visite chez moi pour quelques jours. Elles se tiendront tranquilles, je m'en porte garant.

Mme Leigh répondit tristement :

– Parler de la mort de mon enfant m'est particulièrement pénible. Je ferai néanmoins cet effort, si vous le jugez indispensable.

Vos nièces pourront patienter dans le grand salon.

Puis, se tournant vers la domestique, elle ordonna :

– Lisbeth, vous servirez du thé et des scones à ces jeunes filles, je vous prie.

Sharp fit signe à Sarah et Jézabel de quitter la pièce et demanda doucement :

– Pourriez-vous, Lady Leigh, évoquer à nouveau la disparition de Janet ?

Elle soupira, les yeux embués, et commença son récit.

L'étrange disparition de Janet Leigh

Janet Leigh prenait depuis fort longtemps des leçons de piano avec la femme du révérend, Mme Collins. Ce jour-là, le 27 novembre, le cours de musique avait été écourté car elle était invitée à fêter l'anniversaire de l'une de ses amies, non loin de chez elle. Une fois le clavier de son instrument refermé, Janet avait embrassé sa mère puis quitté son domicile. Elle n'était, hélas, jamais parvenue à destination.

La police avait aussitôt été alertée. Hibson, assisté de plusieurs agents, avait arpenté les rues à la recherche du moindre indice. Il avait interrogé l'entourage de Janet, sa famille, le personnel de maison, son précepteur, son professeur de musique, ainsi que les voisins.

Dès le lendemain, un avis était paru dans le journal, incitant toute personne qui aurait aperçu la jeune fille à se manifester. Hélas, aucun témoin ne s'était présenté.

Sa mère, au comble du désespoir, était restée prostrée chez elle, priant jour et nuit pour que sa fille lui soit rendue.

Le 5 décembre, malheureusement, elle avait été exaucée. Le révérend Collins, au cours de sa promenade matinale, avait découvert le corps sans vie de Janet gisant au pied de la falaise.

Arrivée à ce point de son récit, Lady Leigh se tut, la tête baissée. Sharp, pour lui laisser le temps de reprendre contenance, relut les quelques notes qu'il avait prises, puis il leva les yeux :

– Il va de soi, je suppose, que vous avez formellement reconnu le corps de votre enfant ?

Mme Leigh répondit d'une voix étouffée :

– Non. J'ai perdu connaissance à l'annonce de la terrible nouvelle et lorsque j'ai repris conscience, le lendemain, le médecin a déclaré que je n'étais pas en état de subir pareil choc. Grâce à Dieu, le révérend Collins m'a épargné cette épreuve, il s'est porté garant de l'identité de Janet en mon nom.

À ces mots, Sharp souleva imperceptiblement le sourcil gauche. Le révérend Collins, décidément, était de toutes les situations délicates… Un homme providentiel !

Il murmura :

– L'enquête a conclu à une chute accidentelle, sans que l'on sache ce qu'il était advenu de Janet les jours précédents. Dites-moi une dernière chose, connaissez-vous une certaine Margaret Holmes ?

– Ce nom ne m'évoque rien. De qui s'agit-il ?

– D'une comédienne qui séjournait au théâtre. Cette jeune femme a disparu le même jour que votre fille, le 27 novembre.

Son hôtesse haussa les épaules, peu sensible à la coïncidence.

– Inspecteur, même si vous deviez trouver des éléments nouveaux, convenez que, hélas, cela ne me ramènera pas ma fille.

Et sur ces mots elle se leva, lui signifiant ainsi que l'entretien était terminé.

Un moment de faiblesse

À peine entrée dans le grand salon des Leigh, Jézabel s'écria :

– On se croirait dans un château ! Regarde un peu tous ces tableaux, la cheminée en marbre, les miroirs, les chandeliers, les tapis, le piano... Ce qu'il doit faire bon vivre ici !

Sarah parcourut l'endroit des yeux et murmura :

– C'est aussi ce que devait penser cette pauvre Janet.

La domestique vint disposer sur la table une théière, des tasses et une assiette recouverte de scones. Jézabel s'assit face au festin en poussant un soupir d'aise.

Sarah, elle, continuait à admirer les lieux. Quand ses yeux s'arrêtèrent sur un portrait accroché au mur, à côté de la cheminée, elle réprima un cri.

– Qu'est-ce qu'il te prend ? s'étonna Jézabel.

Mais Sarah, incapable de répondre, se contenta de désigner le cadre. Son amie s'approcha pour, à son tour, scruter les traits fins de la jeune fille qui figurait sur la toile. Janet Leigh, sans aucun doute. Elle regarda Sarah, qui avait pâli et dont les doigts étaient parcourus de légers tremblements.

– C'est triste, bien sûr...

Tentant de surmonter son émotion, Sarah balbutia :

– Cette robe blanche brodée de marguerites, la ceinture satinée, la dentelle aux poignets, c'est...

– C'est ? la pressa Jézabel.

– C'est celle que je portais le jour où... le jour où je suis devenue une revenante, dans la bergerie, avec Lord Fletcher. Je portais la robe de Janet Leigh...

Et sur ces mots, et parce que même les fantômes ont leurs moments de faiblesse, Sarah s'évanouit sous l'œil effaré de son amie.

Jézabel avait été confrontée à de nombreuses reprises à des évanouissements. Des comédiennes dévorées par le trac, des spectatrices engoncées dans des robes trop serrées, des demoiselles qui se pâmaient lorsque Rupert, le jeune premier, entrait en scène… Le remède était simple : quelques claques bien senties faisaient généralement l'affaire.

Cette fois, la situation était tout autre : comment réanimer l'intouchable Sarah ? Elle regarda autour d'elle en quête d'une solution. Elle avisa la carafe d'eau fraîche qui accompagnait le thé, l'attrapa et la renversa sur le visage de son amie. Le résultat fut instantané. Sarah battit des paupières et se redressa, dégoulinante, la mine hébétée. Ce fut le moment que choisirent Sharp et son hôtesse pour apparaître sur le seuil du grand salon. Stupéfait, le policier bégaya :

– Que… Qu'est-ce que vous…

Sarah, toujours au sol mais reprenant ses esprits, interpella Lady Leigh en désignant le tableau :

– Madame, pardonnez-moi, Janet portait-elle cette belle robe blanche le jour où…

– Non, il s'agit de celle dans laquelle j'ai demandé qu'elle soit enterrée, répondit

Mme Leigh d'une voix éteinte. Maintenant, il suffit, permettez que je me retire.

Elle quitta la pièce sans un au revoir et Sharp, contrarié, s'exclama :

– Bravo mesdemoiselles ! Moi qui comptais sur votre discrétion, c'est réussi.

Sarah se releva avec précaution tandis que le policier poursuivait, sourcils froncés :

– Ne vous avais-je pas demandé de vous tenir tranquilles ? Que faisais-tu assise par terre ? Et tu es trempée, en plus !

Jézabel s'avança et prit la défense de son amie :

– Sarah a eu un malaise, monsieur, je l'ai ranimée à l'aide d'un peu d'eau fraîche. Quant aux questions, ce n'était pas simple curiosité de sa part, c'était pour faire avancer l'enquête.

Sarah prit le relais, les mains jointes comme pour le supplier de la croire :

– Je vais vous expliquer, monsieur. Figurez-vous qu'à un moment donné le corps de Sarah Fisher, vous savez, celui qui a disparu, s'est retrouvé habillé des vêtements qui figurent sur ce tableau, ceux avec lesquels Janet a été enterrée. Je le sais car... c'est un spectacle que j'ai vu de mes propres yeux, monsieur. Je ne peux vous en dire plus, mais c'est la vérité, je vous le jure.

Sharp l'écouta sans l'interrompre. Ce qu'elle lui contait là était parfaitement invraisemblable, ces habits n'avaient pu voyager d'un corps à l'autre, pourtant il la croyait sans peine. Sarah n'affabulait pas, il en aurait mis sa main à couper. Son regard intense, son visage honnête, la sincérité de son ton...

Il prit place dans un fauteuil, croisa les jambes et murmura :

– Laissez-moi réfléchir un instant, je vous prie.

Puis il enfouit son visage au creux de ses mains. Un curieux tableau ne tarda pas à se dessiner devant ses yeux, sur la toile duquel un corps en remplaçait un autre, sous la houlette d'un homme qui occupait trop de place dans cette histoire... Et que dire de cette robe qui passait d'une jeune fille à l'autre ? Si Sarah Fisher portait la tenue de Janet, de quoi pouvait être vêtue cette dernière ?

L'inspecteur Sharp laissa ses pensées vagabonder quelques instants avant de pousser un soupir satisfait.

Certes, il lui manquait encore bien des éléments mais petit à petit des soupçons prenaient naissance qui ne demandaient qu'à être confirmés.

Il se mit debout en déclarant :

– Sarah, Jézabel, vous dormirez ce soir dans une pension de famille non loin de chez moi, je vais vous y conduire. Demain dès l'aube, je ferai procéder à l'exhumation du corps de Janet Leigh et je passerai ensuite vous voir pour vous tenir au courant.

Sarah fit un pas vers lui et prononça d'un ton décidé :

– Ce sera inutile, monsieur. Avec votre permission, nous assisterons à l'exhumation.

Puis elle glissa un regard complice à Jézabel avant d'ajouter :

– Cela ne nous fait pas peur, nous avons l'habitude l'une comme l'autre de fréquenter les cimetières et leurs occupants.

Creusez!

Lorsque Sarah se réveilla le lendemain matin, il lui fallut quelques secondes avant de se souvenir où elle se trouvait. Le lit sur lequel elle était allongée était le plus moelleux qu'elle ait jamais connu et l'édredon qui la recouvrait le plus douillet et le plus chaud qu'on puisse imaginer. Elle battit des paupières plusieurs fois et soudain se rappela : la pension de famille, l'enquête, l'exhumation. Vite, il fallait se lever et se tenir prête, le policier n'allait pas tarder à arriver. Elle contempla un instant Jézabel, endormie à ses côtés, et souffla :

– Réveille-toi, c'est bientôt l'heure.

Un grognement sourd lui répondit, puis Jézabel entrouvrit les yeux en marmonnant :

– Peut-être que Sharp nous a oubliées...

– Bien sûr que non, rétorqua Sarah, allez, debout!

Pour la première fois depuis des lustres, elles firent leur toilette à l'eau chaude et dégustèrent un petit-déjeuner digne de ce nom : un thé bien fort, des toasts généreusement tartinés de marmelade et des œufs brouillés cuits à point, un délice dont elles se régalèrent avec grand appétit. Elles avaient à peine terminé que Sharp toqua à la porte et les pressa de le suivre dans le petit matin froid.

Ils prirent place dans le fiacre de la police.

– Lady Leigh n'a pas souhaité se joindre à nous, elle craint que l'épreuve ne soit par trop douloureuse, précisa l'inspecteur. En revanche deux de mes hommes sont déjà sur place, ils attendent mon arrivée pour démarrer.

Il resserra les pans de sa redingote et ajouta :

– La visite de mon adjoint à l'orphelinat, hier, s'est avérée très fructueuse! Il a mis la main sur des preuves accablantes, de nature à confondre tous ces vilains oiseaux qui nichent aux Hirondelles. Grâce à vos témoignages, ce sinistre endroit fermera ses portes d'ici peu, faites-moi confiance!

Sarah et Jézabel échangèrent un sourire ravi, c'était là une nouvelle qui n'attristerait personne.

Ils quittèrent en silence la ville déserte puis traversèrent la lande qui menait au cimetière. La jument stoppa sa course. Le policier descendit, s'assura que sa pipe était éteinte et noua solidement les rênes à un anneau fiché dans le muret. Suivi de près par les deux jeunes filles, il se dirigea droit vers la tombe de Janet Leigh.

Elle était éclairée grâce à une lanterne posée au sol par deux agents qui attendaient là, pelle en main, visiblement transis.

Sarah, le cœur serré, murmura à l'oreille de son amie :

– Pourvu que l'on ne dérange pas cette pauvre Janet pour rien.

Jézabel lui offrit le réconfort de son sourire. Sharp, très solennel, déclara :

– En vertu des pouvoirs qui me sont conférés et de l'autorisation donnée par Lady Leigh, messieurs, je vous l'ordonne, creusez !

Dans la tombe

Pendant de longues minutes, l'on n'entendit plus que le choc de la pelle contre la terre. Puis les policiers mirent le cercueil au jour et en ôtèrent le couvercle.

Les deux jeunes filles avancèrent d'un pas et se penchèrent légèrement, tout comme Sharp. À la vue de celle qui reposait là pour l'éternité, Sarah recula aussitôt, prise de vertige, le cœur battant la breloque, tandis que Jézabel, stupéfaite, laissait fuser :

– Ça alors ! Ce n'est pas Janet ! Non, c'est... Sarah ! Sarah Fisher !

Sharp les regarda l'une et l'autre et demanda :

– Et les vêtements qu'elle porte, ce sont ceux de Janet, n'est-ce pas ?

– Oui monsieur, balbutia Sarah, la voix enrouée par les larmes, bouleversée à la vue de son propre corps endormi à tout jamais.

Jézabel sentit sa détresse. À défaut de pouvoir lui prendre la main ou de caresser sa joue, elle chuchota gentiment :

– L'enquête progresse à pas de géant, justice te sera bientôt rendue !

Comme pour confirmer ce qu'elle venait de dire, Sharp prit la parole, réfléchissant à voix haute :

– Voyons un peu. Sarah Fisher meurt, puis disparaît de son cercueil. Janet meurt à son tour, puis disparaît elle aussi de son cercueil où Sarah la remplace, parée de la robe de Janet... Le révérend est, somme toute, la seule personne à avoir vu le corps de Janet. Qui oserait mettre en doute la parole d'un homme d'Église ? Hein, qui ? Bah, moi, peut-être... Mais quel intérêt aurait cet individu à mentir sur le sort funeste de ces jeunes filles ? Étrange, tout cela, bien trop étrange à mon goût. Je vais de ce pas poser quelques questions à ce cher révérend.

– Attendez ! intervint Sarah. Il ne peut en aucun cas être l'assassin, souvenez-vous, dans le récit de madame Winnipott, il était question d'une femme.

– Oh, loin de moi l'idée de traiter ce monsieur de meurtrier... Pas encore tout du moins. Mais à ma connaissance il est marié, son épouse est peut-être en cause.

Sarah secoua la tête, dépitée. Mme Collins n'était pas celle qui l'avait poussée du haut de la falaise, c'était une certitude. La femme du révérend, qu'elle avait croisée à maintes reprises naguère aux Hirondelles, était de petite taille, alors que sa meurtrière la dépassait d'une tête au moins. Hélas, impossible de faire pareille confidence au policier.

– Vous m'accompagnerez, reprit ce dernier. Vous serez mes yeux et mes oreilles, même si, bien sûr, je vous dispense de toute fantaisie inutile !

Une lourde responsabilité

Si Sharp ne fréquentait pas l'église, il avait cependant déjà croisé les Collins en de maintes occasions. Il frappa plusieurs coups à la porte et le révérend lui ouvrit, très surpris :

– Oh inspecteur Sharp... Que... Entrez, je... je vous en prie. Et vous aussi, mesdemoiselles.

Sharp s'avança, suivi de près par Sarah et Jézabel, puis se défit de sa redingote en s'excusant.

– Pardonnez mon intrusion matinale, révérend. Vous étiez réveillé, j'espère ?

– Oui, bien sûr, je lisais. Ma femme en revanche dort encore. Vous le savez peut-être, elle est souffrante depuis de nombreuses semaines et ne quitte plus sa chambre, vous ne la rencontrerez sans doute pas. Installons-nous au salon.

Ils s'assirent tous quatre face à la cheminée et Sharp exposa aussitôt le motif de leur présence.

– Figurez-vous, mon révérend, que grâce aux précieux témoignages de ces deux jeunes filles, je m'intéresse de nouveau à une enquête que mes services n'avaient pu jusque-là mener à son terme.

Le policier contempla un moment les bûches qui se consumaient dans l'âtre et reprit :

– Voyez-vous, il s'agit de cette jeune fille retrouvée morte au pied de la falaise, début décembre, et dont vous avez célébré les obsèques.

Le révérend joignit ses deux mains.

– Je me rappelle... Vous voulez parler de Sarah Fisher. C'est un pêcheur, je crois, qui a découvert son corps et donné l'alerte. Quelle idée aussi de se promener au bord de la falaise par un temps pareil... Heu, en quoi la police est-elle...

– Pardonnez-moi, le coupa l'inspecteur, je n'ai pas été assez précis. Je ne pensais pas à Sarah, mais à Janet Leigh, décédée dans des circonstances similaires, trois jours plus tard.

– Oh, Janet, oui, Janet Leigh, murmura l'homme d'Église, bien pâle soudain. Une terrible affaire. C'est moi, lors d'une promenade, qui l'ai trouvée. Un policier a déjà recueilli nos dépositions, à mon épouse et moi-même, je ne vois pas ce que nous pourrions y ajouter aujourd'hui...

Ses traits se creusaient, comme s'il revivait ces pénibles instants, et de petites gouttes de sueur perlaient sur son front. L'inspecteur poursuivit :

– Lady Leigh m'a indiqué que vous vous êtes chargé de reconnaître le corps. C'est une très lourde responsabilité. J'imagine que l'identité de Janet ne faisait aucun doute ?

Le révérend Collins répondit à voix basse :

– Non... aucun.

– Vous évoquiez Sarah Fisher... Ne vous est-il jamais venu à l'idée que sa mort présentait un caractère suspect et que la police devait être saisie ? s'enquit Sharp.

Le révérend aspira une grande goulée d'air avant de bredouiller :

– Un caractère suspect ? Non, je... Je viens de vous le dire, madame Winnipott a été prévenue par un pêcheur, il n'y avait là rien de... non, rien de suspect. Un accident, un malheureux accident, hélas. Je n'ai… Nous n'avons… Le docteur a délivré le permis d'inhumer et j'ai fait le nécessaire, je ne pense pas avoir commis de faute.

Sharp resta silencieux. Il jeta un bref coup d'œil à Sarah et Jézabel puis ajouta :

– Vous êtes donc en mesure de m'affirmer qu'à cette heure Sarah Fisher repose toujours dans son cercueil et Janet Leigh dans le sien, comme il se doit ?

Le révérend ouvrit la bouche pour répondre mais en fut empêché par un fracas de vaisselle brisée, suivi d'un cri rageur :

– Stephen ! Qu'est-ce que tu attends pour venir m'aider ?

Plutôt mourir

Le révérend, au comble de l'embarras, s'essuya furtivement le front. Sharp inclina la tête et commenta :

– Sauf erreur de ma part, je crois que votre femme vient de se réveiller. J'attends toujours votre réponse.

– Votre question est absurde, soupira le révérend. Bien sûr que ces deux petites reposent dans leur cercueil. Pardonnez-moi, mais je dois vous laisser, ma femme...

– Un instant, le coupa l'inspecteur, j'ai encore une question à vous poser si vous le permettez. Connaissez-vous une certaine Margaret Holmes ?

Son interlocuteur, le visage défait, balbutia avec peine :

– Non, vraiment, je ne vois pas. Les gens de théâtre fréquentent peu les églises, vous savez. Veuillez… veuillez m'excuser, je… je n'en ai que pour un instant.

Sans plus d'explications, il se leva, traversa le salon à grandes enjambées et monta l'escalier quatre à quatre. À l'étage, une porte s'ouvrit puis se referma.

Le policier, sourcils froncés, se tourna vers Sarah et Jézabel.

– Comment ce monsieur peut-il bien savoir que notre chère Margaret fait partie des gens de théâtre, je vous le demande ! Je crois que nous devrions nous aussi aller saluer madame Collins.

Ils grimpèrent les marches en vitesse et, parvenus au premier étage, se trouvèrent face à un couloir qui desservait cinq pièces aux portes closes.

Ils avancèrent prudemment et perçurent bientôt des chuchotements en provenance de la troisième d'entre elles. Sharp s'avança, toqua à la porte et actionna en vain la poignée, avant de gronder :

– Je vous somme de m'ouvrir immédiatement !

Une voix de femme répondit :

– Plutôt mourir, vous m'entendez ? Plutôt mourir !

Sharp recula et, convoquant toutes ses forces, se jeta contre la porte qui n'en fut pas le moins du monde ébranlée.

Retrouvailles

Sarah comprit à cet instant qu'elle n'avait pas le choix.

– Monsieur, je peux… je peux entrer dans cette pièce. Ne me posez pas de questions, je vous expliquerai plus tard.

– Vous pouvez avoir confiance, appuya Jézabel, elle sait ce qu'elle fait, je vous le garantis.

Sharp plongea son regard dans celui de Sarah, si profond, et sortit de sous sa veste un revolver qu'il lui tendit.

– Il n'est pas chargé, mais prends-le, ça impressionne toujours.

Elle hocha la tête, prit l'arme en main puis regarda Jézabel. Celle-ci lui sourit et murmura :

– Je suis avec toi.

Sarah glissa le revolver dans la ceinture de sa jupe et s'appuya de tout son long contre le mur de la pièce.

Le cœur battant, elle entama un lent mouvement de reptation grâce auquel, devant les mines ébahies de Sharp et Jézabel, elle disparut en quelques secondes.

Elle bloqua sa respiration et se sentit aspirée par le mur. Elle ne fut pas, cette fois, gagnée par la panique. Elle maintint sa poussée sans faiblir jusqu'à réapparaître de l'autre côté. Elle fut accueillie par les exclamations d'effroi du révérend et de son épouse. Les deux autres personnes présentes, bâillonnées, exprimèrent leur stupéfaction en écarquillant les yeux.

Sarah reprit son souffle et tenta de prendre la mesure de la situation. Elle vit tout d'abord une jeune fille et une femme, allongées sur un lit et ligotées. Par terre près d'elles, un plateau, de la vaisselle brisée et de la nourriture éparpillée, que les captives avaient sans doute fait tomber.

Les Collins, frappés de stupeur, étaient debout au milieu de la chambre. La femme du révérend dévisagea la nouvelle arrivante avec une lueur de folie dans le regard.

Sarah posa la main sur la crosse de l'arme et prononça d'une voix très douce :

– Je... Nous ne vous voulons aucun mal, nous sommes là pour vous aider. Je vais ouvrir la porte et...

Elle ne put achever sa phrase. Mme Collins se baissa prestement, ramassa un couteau tombé au sol et se jeta sur elle, lame en avant, tandis que son mari tentait en vain de la retenir.

– Eileen, non, par pitié !

Sarah n'essaya même pas de s'écarter, elle laissa simplement Mme Collins la traverser de part en part. Interloquée, la femme du révérend se retourna, la fixa sans comprendre puis laissa choir le couteau avant de s'effondrer au sol, évanouie.

Son mari s'agenouilla à ses côtés. Il la prit dans ses bras et tenta de la réanimer, en balbutiant à l'intention de Sarah :

– Il faut lui pardonner, elle n'a plus toute sa raison... Mais vous... Vous êtes... Comment est-ce possible ?

Au lieu de lui répondre, Sarah se précipita vers la porte et l'ouvrit. Le policier et Jézabel firent aussitôt irruption dans la pièce. Sharp, d'un coup d'œil rapide, s'assura que Sarah ne courait aucun danger, puis lui reprit le pistolet et s'approcha des Collins. Jézabel, pleurant et riant à la fois, se rua sur les prisonnières pour les libérer de leurs liens. Au comble de l'émotion, elle se tourna vers Sarah :

– C'est ma mère, tu entends, ma mère !

Puzzle

Sarah, restée en retrait, embrassait du regard la chambre et ses occupants. Il lui semblait avoir devant les yeux un puzzle dont les pièces s'assemblaient enfin, même si la dernière, celle qui permettrait de résoudre l'énigme de sa mort, manquait toujours à l'appel.

Jézabel et sa mère étaient dans les bras l'une de l'autre, le visage radieux. À leur côté était assise une jeune fille ressemblant trait pour trait au joli portrait qui ornait le salon de Lady Leigh : Janet, bien sûr.

Sharp, quant à lui, se tenait devant le sofa. La mine sévère, il questionnait les époux Collins. Sentant le regard de Sarah peser sur lui, il lui fit signe de les rejoindre.

– Je crois que le révérend a des révélations à te faire au sujet de la mort de ton amie, Sarah Fisher.

Elle s'exécuta avec empressement, brûlant de savoir enfin ce qui lui était arrivé par ce froid matin de décembre. Le révérend la dévisagea et lui demanda dans un souffle :

– Mademoiselle, pardonnez-moi... Nous vous avons vue traverser le mur, là, sous nos yeux. Comment pareille chose est-elle possible ?

– Tss tss tss, l'interrompit Sharp, cela ne vous concerne pas, mon révérend. Veuillez plutôt répéter à cette jeune fille ce que vous venez de m'avouer.

Stephen Collins soupira, puis caressa les cheveux de sa femme, dont la tête reposait sur son épaule. Le regard dans le vide, elle semblait absente. À mi-voix comme pour ne pas la déranger, il se lança :

– Eileen et moi avons jadis perdu une petite fille. C'est une épreuve que j'ai surmontée avec le temps. Mon épouse, en revanche, en a conçu un profond et durable chagrin, qui a fait vaciller sa raison...

Il se tut un instant, puis se racla la gorge avant de reprendre :

– Janet Leigh est devenue son élève voilà deux ans. Une excellente élève, très douée pour la musique, et qui présentait quelques ressemblances avec notre chère enfant. Eileen s'est attachée à cette petite, bien plus que nécessaire, je le crains. Au fil du temps, son amour pour elle est devenu tel qu'elle ne supportait pas d'en être séparée et ne vivait que pour ces quelques heures qu'elle passait chaque semaine en sa compagnie. En novembre dernier, ma femme a été prise d'un véritable coup de folie. À l'issue de la leçon qu'elle donnait ce jour-là à Janet, elle l'a attendue dehors. Lorsque la jeune fille est sortie de chez elle, mon épouse l'a fait monter de force dans notre fiacre et l'a ramenée au presbytère. J'ai immédiatement voulu reconduire Janet chez elle, alors ma femme a perdu tout sens commun, menaçant de se donner la mort. J'ai paniqué, et j'ai enfermé Janet. En fin d'après-midi, une dame s'est présentée à notre porte.

D'un geste du menton, il désigna Margaret qui, avec l'aide de Jézabel, s'occupait de réconforter Janet.

– Par le plus grand hasard, elle avait assisté à l'enlèvement, mais n'avait osé se rendre directement au poste de police, de peur de commettre un terrible impair à notre encontre.

Elle est venue jusqu'ici et a très vite compris que nous venions de kidnapper Janet. Elle nous a menacés de tout révéler si nous ne libérions pas immédiatement la jeune fille... Nous n'avons eu d'autre choix que de la retenir contre son gré.

Il enfouit son visage entre ses mains, à bout de forces, avant de reprendre d'une voix à peine audible :

– Le 2 décembre, je marchais sur la falaise, cherchant en vain une solution, lorsque au loin j'ai aperçu Sarah Fisher, une jeune fille que j'avais souvent croisée aux Hirondelles. Elle se penchait tant qu'il aurait suffi d'un rien pour qu'elle tombe. J'ai voulu lui dire d'être prudente et je me suis approché. Elle s'est retournée et à cet instant, malheureusement, elle a glissé. J'ai tendu les mains pour tenter de la rattraper, mais je n'y suis pas parvenu. C'est alors que j'ai entendu quelqu'un s'approcher. J'ai reconnu madame Winnipott et j'ai pris la fuite, de crainte qu'elle ne m'accuse d'avoir poussé la jeune fille.

Sarah, le souffle suspendu, ne le quittait pas des yeux. Elle tenait enfin la dernière pièce du puzzle. Elle était bien différente de tout ce qu'elle avait imaginé.

Une idée folle

Le révérend secoua la tête tristement.

– C'est à ce moment-là que l'idée a germé en moi. Deux jours après les obsèques de Sarah Fisher, j'ai déterré son corps dans le but de le faire passer pour celui de Janet et j'ai prétendu avoir trouvé celle-ci, morte, au pied de la falaise. C'était folie de ma part, j'en conviens. Sa mère était si bouleversée qu'elle m'a mandaté pour attester de l'identité de sa fille, et le subterfuge a fonctionné. J'ai remis Sarah Fisher en terre dans la tombe destinée à Janet, vêtue des beaux habits que Lady Leigh m'avait fait apporter. Officiellement, Janet n'était plus de ce monde et mon épouse pouvait donc la garder auprès d'elle. Nous avions pour projet de prendre un paquebot pour l'Amérique.

Ne cherchant plus à se dérober, il conclut à l'intention de Sarah :

– Mademoiselle, j'ai utilisé le corps de votre défunte amie à des fins peu recommandables, j'ai soustrait une enfant à l'amour de sa mère et séquestré une honnête femme. Mes fautes sont impardonnables, je le sais.

Il ferma les yeux, tandis que sur les lèvres de Sarah s'affichait un léger sourire.

Elle s'était trompée du tout au tout !

Cette silhouette sur la falaise au matin de sa mort ne portait pas de robe, mais une soutane ; ces mains tendues vers elle n'étaient pas celles d'une meurtrière mais d'un homme désireux de lui porter secours ; elle n'avait pas été assassinée, mais était tombée, victime d'un faux pas sur un sol friable. Oui, elle avait fait erreur depuis le début, depuis ce premier jour dans la bergerie.

Oh, pour autant, elle ne regrettait pas d'être revenue parmi les vivants, puisqu'elle avait rencontré Jézabel et qu'ensemble elles avaient contribué à libérer Janet et Margaret.

Elle secoua la tête, la gorge serrée, les yeux embués, soudain.

Les vivants... Comme il allait être difficile de les quitter !

Elle fut brusquement tirée de sa rêverie par Sharp :

– Sarah, dis-moi, je n'ai pas rêvé, je t'ai bien vue traverser le mur, n'est-ce pas ? Qui... qui es-tu exactement ?

– Je ne suis qu'une revenante, monsieur. Je suis le fantôme de Sarah Fisher, répondit-elle sans façon, soulagée de n'avoir enfin plus rien à cacher.

Le policier blêmit et cligna des paupières, éberlué. Il tendit lentement le bras pour tenter en vain d'effleurer l'épaule de la jeune fille, avant de chuchoter :

– Une revenante... Bonté divine ! J'ai croisé toutes sortes de gens dans mon métier, tu peux me croire, mais tout de même, une revenante !

Quitter les vivants

Sharp reprit bien vite ses esprits, il avait à faire. Il devait confier Janet aux deux policemen qui s'étaient chargés de l'exhumation, pour qu'ils la ramènent au plus tôt chez sa mère et conduisent les époux Collins à la prison de Northtown. Il les pria donc de le suivre et quitta les lieux en lançant à la ronde :

– Mesdemoiselles, le devoir m'appelle, mais n'ayez crainte, je reviens dans quelques instants m'occuper de vous.

Une fois le policier sorti, Sarah se tourna vers Jézabel. L'heure des adieux avait sonné, il était temps de rejoindre Lord Fletcher et de commencer sa nouvelle vie. Les morts avec les morts, les vivants avec les vivants.

Jézabel s'approcha de son amie et murmura, la voix étranglée :

– Tu t'en vas, c'est ça ?

Sarah, incapable de prononcer un mot, hocha la tête.

– Pourquoi ne restes-tu pas avec nous ? Ma mère serait d'accord, j'en suis sûre ! On te ferait passer pour une cousine et…

– C'est impossible, Jézabel, je ne suis pas… Je ne suis pas comme toi, je ne suis qu'une apparence, une revenante, et je n'ai plus rien à faire ici. Ma vie est ailleurs désormais, parmi les miens.

Des larmes s'échappèrent des yeux noirs de Jézabel, qui balbutia :

– Je voudrais tant te serrer dans mes bras, t'embrasser. Tu n'imagines pas à quel point tu vas me manquer, oh non, tu ne l'imagines pas.

Sarah, bouleversée, lui envoya un baiser du bout des doigts puis elle quitta la pièce précipitamment, sans même se retourner.

Jézabel ne s'élança pas à sa poursuite. Elle colla son visage à la fenêtre et, les épaules secouées par les sanglots, regarda son amie s'évanouir au loin. Deux mains réconfortantes se posèrent sur ses épaules et la jeune fille se laissa aller contre sa mère, qui la serra dans ses bras.

Entrouverte

Sarah courut jusqu'à la bergerie sans reprendre son souffle. Arrivée devant la porte, elle s'arrêta. Dans un instant, c'en serait terminé de son passage parmi les vivants et de son amitié avec Jézabel.

Elle hésita longtemps. Après tout, peut-être pouvait-elle demeurer auprès de son amie... Mais si elle restait, que deviendrait-elle, à errer sans fin dans un autre monde que le sien ?

Après quelques minutes, elle se décida et pénétra dans la petite bâtisse.

Elle s'assit sur un ballot de foin et, la voix peu assurée, appela comme convenu :

– Lord Fletcher ? Lord Fletcher ? Lord Fletcher ?

Elle n'eut pas à attendre, le vieux gentleman apparut aussitôt, sourire aux lèvres.

– Sarah, mon enfant ! Comme je suis heureux de vous revoir !

Canne en main, il s'approcha d'elle, la dévisagea et murmura, désolé :

– Ces traces de larmes sur vos joues... On vous aura fait du chagrin ! Je vous l'avais dit, mon petit, côtoyer les vivants est souvent source de douleur.

Sarah leva le visage vers lui :

– Oh non, monsieur, bien au contraire ! C'est de devoir les quitter qui me fait tant de peine !

Lord Fisher haussa un sourcil, interloqué :

– De la peine ? Que me contez-vous là ?

– Oui monsieur. Je n'ai plus de raison de rester ici-bas, mais j'ai rencontré une amie, Jézabel, à qui je tiens, et je pleure de la perdre à jamais.

Le vieil homme, abasourdi, ne put que répéter :

– Une amie ? Ça alors ! Une amie... parmi les vivants ?

Il secoua la tête plusieurs fois, comme sous le coup d'une immense surprise, et Sarah demanda, hésitante :

– Si je vous suis, aurai-je le droit de... Pourrai-je revenir lui rendre visite ?

– Revenir ? Revenir lui rendre visite, dites-vous ? répéta Lord Fletcher, dérouté. C'est que, mon enfant, voyez-vous, je n'ai jamais été confronté à pareille requête. Et très sincèrement je ne pense pas que cela soit souhaitable.

Devant la mine consternée de Sarah, Lord Fletcher se sentit faiblir et ajouta :

– Bon, bon... Accordez-moi un instant de réflexion.

Le gentleman afficha une mine des plus graves et, paupières closes, se retrancha dans un long silence. Sarah, pleine d'espoir, garda les yeux rivés sur lui et n'en sursauta pas moins quand il s'exclama :

– Tout compte fait, je ne vois pas ce qui pourrait s'y opposer. Les morts avec les morts, les vivants avec les vivants, pouah, je trouve cet adage bien poussiéreux tout à coup ! Non seulement je consens à ce que vous fassiez autant d'allées et venues que vous le désirez, mais je souhaite longue vie à votre belle amitié ! Rien n'a plus d'importance que les liens du cœur, n'est-ce pas ?

La jeune fille, stupéfaite, porta les deux mains à son visage illuminé par un sourire radieux. Le vieil homme, ravi, lui tendit délicatement ses doigts gantés.

– Mademoiselle, maintenant que nous avons réglé ce détail, me ferez-vous l'honneur de m'accompagner en ce monde de fêtes et de bals qui est désormais le vôtre ?

Elle acquiesça sans hésiter et, brûlante de curiosité, posa sa main au creux de celle de Lord Fletcher.

Moins d'une seconde plus tard, ils disparaissaient tous deux pour gagner un univers qui n'appartenait qu'à eux, mais dont la porte, à compter de ce jour, resterait entrouverte.

Dix ans plus tard

Assise dans un rocking-chair, Jézabel se balançait doucement en regardant les flammes virevolter dans le foyer de la cheminée. À l'étage, son mari dormait depuis un moment. Elle sentit le sommeil la gagner à son tour et lutta pour garder les paupières ouvertes. Elle fit jouer entre ses doigts la marguerite qu'elle avait trouvée sur le seuil de sa maison au petit matin, signe qu'elle aurait de la visite peu après minuit…

Elle commençait à trouver le temps long lorsqu'un courant d'air frais la fit frissonner, aussitôt suivi de l'apparition d'une ravissante jeune femme au beau milieu de la pièce.

Jézabel, oubliant sa lassitude, se leva d'un bond, radieuse :

– Comme je suis contente de te voir ! Et quel joli visage tu as choisi là !

– Pardonne-moi ce retard, s'excusa Sarah, des turbulences spectrales, impossible de circuler !

Puis elle sourit à son amie, regrettant comme à chacune de leurs rencontres de ne pouvoir la serrer dans ses bras.

– Cela fait bien longtemps que l'on ne s'est vues, presque un an déjà ! s'exclama-t-elle. C'est ma faute, ces derniers temps je ne sais plus où donner de la tête.

– À quoi t'occupes-tu donc ? s'enquit Jézabel en mettant la bouilloire à chauffer.

Sarah se laissa choir avec plaisir dans le rocking-chair.

– Lord Fletcher m'a proposé de l'assister et j'ai accepté. Je l'aide à accueillir les nouveaux arrivants aux quatre coins de l'Angleterre, et même à l'étranger, parfois. J'adore ça, mais je dois avouer que c'est très prenant. Et puis je...

Elle se tut brusquement et il sembla à Jézabel que les joues de son amie rosissaient légèrement.

– Et puis tu ? insista-t-elle, intriguée.

– J'ai rencontré un fantôme qui me plaît beaucoup, avoua Sarah en souriant. Un jeune homme très aimable, de bonne compagnie, avec lequel je m'entends à merveille. S'il accepte de jouer les revenants, peut-être qu'un jour je te le présenterai... Bon, assez parlé de moi. Comment vous portez-vous, ton époux et toi ? Et Margaret, et Sharp ?

Jézabel versa le thé dans deux jolies tasses en porcelaine, puis s'assit en face de son amie et commença :

– Ma mère et Sharp vont fort bien, ils m'ont d'ailleurs chargée de te transmettre leur amitié. Quant à Jack et moi, nous sommes l'un et l'autre très fatigués, mais c'est bien normal...

– Fatigués ? reprit Sarah, inquiète.

Jézabel hocha la tête et lui adressa un clin d'œil malicieux. Elle se leva et quitta la pièce pour revenir un instant après avec dans les bras un nouveau-né, blotti dans une profusion de dentelles.

Sarah s'approcha doucement, très émue, et caressa le visage de l'enfant qui, bien sûr, ne broncha pas.

– C'est une fille, déclara fièrement Jézabel.

Sarah murmura :

– Elle est si belle. Comment s'appelle-t-elle ?

– Je lui ai donné le prénom d'une personne que j'aime profondément, une personne présente à chaque instant dans mes pensées, répondit Jézabel, mystérieuse.

Puis elle se tut, plongea son regard dans celui de son amie et murmura dans un sourire :

– Elle porte le plus beau prénom qui soit. Elle s'appelle Sarah.

TABLE DES MATIÈRES

L'AUTEUR

Agnès Laroche est née en 1965 à Paris, elle vit aujourd'hui à Angoulême.
Son principal trait de caractère : la distraction, son mari et ses trois enfants peuvent hélas en témoigner chaque jour ! Même quand elle est là, elle est ailleurs. Un ailleurs où fourmillent les rêves et les idées grâce auxquels elle invente des histoires pour les enfants, les adolescents ou leurs parents. Elle est l'auteur de nombreuses fictions diffusées à la radio, de romans pour la jeunesse et de récits publiés en presse enfantine.
Son plus grand plaisir : faire en sorte que ses livres soient autant de petites maisons dans lesquelles les lecteurs se sentent chez eux, de la première à la dernière page.

DU MÊME AUTEUR

Murder party
Pour faire de sa fête d'anniversaire un jour inoubliable, Max a organisé une murder party géante dans la forêt. Mais bientôt le jeu dérape et vire au drame...

Achevé d'imprimer en France en mars 2011
sur les presses de l'imprimerie Hérissey à Évreux
Dépôt légal : avril 2011
N° d'édition : 5324 - 01
N° d'impression : 115958